就比别人笨一些，做什么事都比人家慢半拍。他3岁上才学
岁才能说出一些简单的词语。上小学时一个"9"老是反着写
手地教了多少遍也纠正不过来，老师哭笑不得，就随他去了
习成绩一直是班里后几名。同学们不大搭理他，老师也不
总是让他坐在最角落的地方自生自灭。

牛拉破车一样把自己拉扯到初中，父亲可不想让他读高
想白扔钱。"读个技校吧，早日找个工作。"父亲安
一家技工学校，但是几个月后技校也让他退学了，原
实习操作的时候经常会碰伤自己，学校怕出事故。
退了。父亲又先后给关平找了几份学徒的工作，也
笨、不开窍让师傅轰了出来。"别人不要，跟着
父亲大手一挥，关平乖乖地跟在他老子的后面。
卖菜得手脚灵活，还得会吆喝。起初，关平
老爸一巴掌打出了他的声音。声音捏在脖子
怪气的，象初啼的公鸡。
一段时间，父亲便教他怎样在秤上做手脚，
位大嫂买菜，掂着一把芹菜随意了问了下
秤吧，关平脸一红
实实地说，少了二
父亲听到了。一
偏到一边，买菜
被这个诚实的
了。
背着人叹息
眼太死
世界里以
该咋过
不知道
的急
幼儿
功
—

## 微阅读
## 1+1工程

1+1
GONG
CHENG
第一辑

# 上天眷顾
# 笨小孩

临川柴子

百花洲文艺出版社
BAIHUAZHOU LITERATURE AND ART PRESS

图书在版编目(CIP)数据

上天眷顾笨小孩 / 临川柴子著. —南昌:百花洲
文艺出版社,2013.5(2020.6重印)
(微阅读1+1工程)
ISBN 978 - 7 - 5500 - 0641 - 6

Ⅰ. ①上… Ⅱ. ①临… Ⅲ. ①小小说—小说集—中国
—当代 Ⅳ. ①I247. 8

中国版本图书馆 CIP 数据核字(2013)第 098923 号

## 上天眷顾笨小孩

临川柴子　著

组稿编辑:陈永林
责任编辑:赵　霞　黄　平
出　　版:百花洲文艺出版社
发行单位:全国新华书店
印　　刷:龙口市新华林文化发展有限公司
开　　本:700mm×960mm　1/16
印　　张:12
版　　次:2013 年 8 月第 1 版
印　　次:2020 年 6 月第 4 次印刷
字　　数:122 千字
书　　号:ISBN 978 - 7 - 5500 - 0641 - 6
定　　价:29. 80 元

赣版权登字:05 - 2013 - 236

网址:http://www. bhzwy. com
图书若有印装错误,影响阅读,可向承印厂联系调换。

# 前　言

　　以"极短的篇幅包容极大的思想"，才能够以小胜大，经过读者的阅读，碰撞出思想的火花，震撼人的心灵。正因为这样，微型小说成为一种充满了幽默智慧、充满了空灵巧妙的独特文体。

　　如果说在二十一世纪的头一个十年，是互联网大大改变了我们的生活，那么在我们正在经历的第二个十年里，手机将更为巨大地改变我们的生活。如今，以智能手机为平台，正在构成一个巨大的阅读平台。一种新的阅读方式正不知不觉地走进大众的生活。一个新的名词就此产生，它便是"微阅读"。微阅读，是一种借短消息、网络和短文体生存的阅读方式。微阅读是阅读领域的快餐，口袋书、手机报、微博，都代表微阅读。等车时，习惯拿出手机看新闻；走路时，喜欢戴上耳机"听"小说；陪人逛街，看电子书打发等待的时间。如果有这些行为，那说明你已在不知不觉中成为"微阅读"的忠实执行者了。让我们对微型小说前景充满信心和期待的是，微型小说在微阅读的浪潮中担当着极为重要的"源头活水"。

　　肩负着繁荣中国微型小说创作、促进这一文体进一步健康发展的责任和使命，微型小说选刊杂志社推出了"微阅读1＋1工程"系列丛书。这套书由一百个当代中国微型小说作家的个人自选集组成，是微型小说选刊杂志社的一项以"打造文体，推出作家，奉献精品"为目的的微型小说重点工程。相信这套书的出版，对于促进微型小说文体的进一步推广和传播，对于激励微型小说作家的创作热情，对于微型小说这一文体与新媒体的进一步结合，将有着极为重要的作用和意义。

编者

2014 年 9 月

# 目 录

# 阴 谋 家

　　鸡叫四遍的时候，冬生就听到娘起床的声响，接着就听到"咔沙咔沙"的汲水声和"抽答抽答"的拉风箱的声音。冬生闻到一股浓浓的烟味从板壁间窜进来，它们像虫子一样地钻进冬生的鼻子里，呛着冬生的记忆。

　　天还没亮，娘已在敲着房间的门板了。冬生早醒着，却装着刚醒的样子，在床上赖一会儿，猛地掀掉身上的被子，将自己叫起来，洗漱换衣。娘已早早地将一身齐整的衣服放在冬生床边。

　　冬生刚刚将自己打理好，就看见三姑摇着肥硕的身体进来了。一碗热腾腾的糖水鸡蛋从娘的手中亮出，然后又亮在三姑面前。三姑大马金刀地坐下，端起碗，漏斗似的将四个糖水鸡蛋收进腹中，然后满意地用手背抹下嘴。三姑常奚落自己说，我为什么这么喜欢做媒呢，就是为着我这张嘴，亏什么都别亏了我这张嘴。

　　三姑已经不止一次地吃过冬生家的糖水鸡蛋了，吃得她自己都不好意思。往常，她总是十分有把握地说，就凭我三姑的本事，给冬生说一门亲事还不是手到擒来？但一次次地无功而返，三姑就有些底气不足。这次，三姑拍拍冬生的肩，你别急，这一次肯定成，再不成，我把我家娟子说给你。三姑可真是把压箱底的活也亮出来了，足见她对说媒的执著和热爱。

　　冬生长得瘦弱斯文，书生样腼腆，正好是农村青年致命的缺点。弱儿寡母，想说合一门可心的亲事有多难？冬生嘴里说不急，可岁月跟鞭子似的在后面催着，能不急吗，你说能不急吗？

　　冬生也去厨房吃了一碗糖水鸡蛋，然后跟在三姑后面上路了。相亲的那家在十几里之外，途中需经过一条小河和河上一条独木桥。两人走到河边傻眼了，一条独木桥低低地横在河的两岸，却不知何故从中间断为两截，三姑望着冬生说过不去了，冬生也望着三姑说过不去了，三姑说难道是天意，硬要把我家娟子说给你？冬生不好意思地笑着，三姑说不成，你家成份高，娟子进门要吃苦的。三姑说这话时河岸边已经堵了不少人，三姑就同过不了河的人们聊起来。三姑是个人来熟，也有很多人认识三姑，笑着问三姑又要给哪家说亲，三姑就"呱咕呱咕"地融入人群中去了，像一条鱼游进了江河。一会三姑兴奋地脱出人群，拉着冬生的手说成了，不用去河对岸相亲了，河这边就有一家好人家。冬生疑惑地望着三姑说，不会吧三姑，你这么快就套上近乎了？三姑说，也不看看我三姑是谁，有多少好夫妻都是我三姑一手牵起来的。

　　冬生就又"踢达踢达"地跟在三姑后面走，到了那户人家，几个面色凝重的老人审问似地问各种问题。他们是第一次，冬生却是老生常谈，早已经司空见惯。冬生的眼睛东张西望着，他看到一个女孩的面容惊鸿般地从他面前飘过就消失了，然后他一直沉默着，成了三姑一个人的舞台，时而可以听到三姑爽朗的笑声。后来，他和三姑一同离开了那户人家，路上他试探地问三姑能成不，三姑说没问题，我看这次是真没什么问题，人家父母说小伙子诚实，姑娘也没意见，能有意见吗，还不都是大人做主。冬生看了看三姑，想说什么，却终于什么也没有说。

　　但是三姑这次又夸口了，当三姑再次端起冬生家的糖水鸡蛋时，放在嘴边闻了闻又放下了。三姑气急败坏地说，我还吃什么糖水鸡蛋，我这次是来做自己的媒，把我家娟子留给你冬生，也不知你祖宗上积了什么德，将这么好的闺女给捞了去，都怪我这张馋嘴。冬生望着三姑沮丧的表情笑了，那种隐藏不住的幸福的笑意也把三姑传染了。

　　娟子就这样嫁给了冬生，结婚的那天，小两口在新房咬耳朵，娟子点着冬生的脑门，说，那独木桥是你弄断了的吧，也不怕人家骂。冬生说，你还说我，我相亲的那次还不是你搅黄的，人家女孩在镇上指着我的鼻子骂，说我二婚头还想娶个黄花闺女，我想这个"二婚头"的罪名也只有你会给我安上。

　　后来，我来到这世上的时候，三姑总会用她胖嘟嘟的手搂着我说，你爹你娘那点破事还想瞒住我？他们暗中眉来眼去的能成个什么事？要不是我一边说媒，一边去败事，你呀，天知道还在哪个角落呆着呢。我说，哎呀！外婆，原来你们都是阴谋家。

# 端村往事

我不常去端村，但有时必须得去一次。

端村是我老家。

端村是个典型的江南村落，村前是田园一片，村后有小河一条。我在端村只度过十年的时光，我偶尔回到端村去的时候，村里很多小孩子用相当陌生的眼光打量着我——端村已不当我是他的孩子了，当然，我心里也陌生了端村。

端村不常入我梦境，只是偶然会有几个故乡般的人物，在我眼前梦游般地闪过，喜旺是这么进来的，好嫂也是这么进来的。

喜旺总是在我们放学的时候准时出现，他穿着一件破长衫，胡子拉碴，一条裤腿吊得老高，又高又瘦的身材，一副寒酸相。喜旺喜欢在放学的路上拦着我们小孩子和我们说话，因为村里的大人，尤其是男人都不和喜旺说话，大人不和他说话，他就找小孩子玩，可有时，我们小孩子也是不屑于和他说话的，喜旺就很生气，装出想打我们的样子，可是我们不怕，因为他一次也没有打过我们，他总是假装生气，他假装生气的样子很好笑，于是我们就哈哈大笑。

有一次，喜旺在路上拦住我，喜旺弯下身子神秘地说，叫我一声爸爸。

我不叫，我虽然很早就没有爸爸，但我知道他不是我爸爸。

你叫，叫一声我给你一颗糖。喜旺继续说，而且摊开手掌让我看他掌心里的糖。

我还是没有叫，但是我的眼睛落在他手里不肯离开，我清楚地听到我喉咙里"咕咚"地响了一下。

叫嘛，就叫一声，反正也没有人。喜旺继续怂恿我，他的目光充满期待，我甚至看到他满脸飞红。

我不知道我是不是叫了，反正我的喉咙是动了一下，我飞快地抓起他手心里的糖，然后以最快的速度跑开了。

此后再见到喜旺我就觉得有点不自然，好像他真的成了我什么人似的，又有一天，喜旺又将我在路上拦住，让我看他手心里的糖。

我不叫，这次没等他开口我先开口。

为什么？

我妈妈不准我叫，她说我要叫了她就打我，就不让我吃晚饭。

喜旺的脸色就沉了下来，他把糖递给我，我不敢接，然后我跑开了。

后来，我经常可以看到喜旺一个人在田野上游荡，像一根会走路的电线杆，秋风吹动他的破长衫，我觉得他很孤独，我突然想，如果他再让我叫他爸爸，我很愿意，可是他再没有让我叫过，而我也不敢吃他的糖，因为我怕好嫂。

好嫂在端村出了名的泼辣，她又喜欢挑拨离间，她在春花的面前说秋云的不是，在秋云的面前又说春花的不是，春花和秋云都在场，她就说冬秀。一开始她的离间很有效果，让几个女人在河边扭打得披头散发，谩骂中慢慢寻出根源来，原来都是好嫂在其中作祟，所有的情节都是她编出来的。但是她们不敢对付好嫂，好嫂是个寡妇，若是惹着她，她不骂她们，却骂她们的男人，女人们心疼自己的男人，不愿意做寡妇，就忍，忍的结果就是助长了好嫂的气焰，这样好嫂就恶名远播了。

我也不喜欢好嫂，可我离不开她，她是我妈。

有一次好嫂就在村里拦住喜旺，当时有很多人，喜旺走不脱。

听说你很想做我娃他爸？好嫂瞧着喜旺。

喜旺摇头，我没有这意思。

有这意思你冲我来呀，来上老娘的床呀，只要你拿得出男人的本事来！好嫂的声音很响亮，村里人都听到了，听到的人都哈哈大笑。

喜旺没有笑，他的脸血一样的红，可是地面上没有出现一条成全他的地缝。

喜旺被村里很多人围在当中，被动地接受着一个泼辣寡妇的奚落和谩骂，很多不堪入目的污言秽语从这个寡妇的嘴里飞出，像马蜂一样地蜇着喜旺。

喜旺不是男人！好嫂的嘴巴像扩音器，这种原本只是传闻通过好嫂的嘴似乎得到某种证实而且不胫而走。

那天后，喜旺在端村失踪了，端村的田野上消失了一根会走动的电线杆。

喜旺走了，我的童年生活也空了很多，我经常想到喜旺，想他的结果就是夜晚梦到他，有一次我梦到他在街上捡破烂，还捡脏东西吃，我把这梦告诉好嫂，结果吃了她一掌，她说，不许梦到他！以后再梦他就要挨打，不许吃晚饭！

我觉得她对喜旺太过分了，喜旺不就是想做一回我爸吗，他那么大年纪了没做过爸爸，肯定很想做，况且又不是真做，好嫂真是太过分！

可是我也得在好嫂的欺凌下过着暗无天日的生活，我小小年纪不但要读书，还要做许多家务活，农忙时，好嫂自己弄得灰头土脸，还把我支使得团团转，十几亩的稻田，就算她再男人，也抵不得一个真男人。以前丰收季节，总有人偷偷地把我们田地里成熟的稻子放倒，省得了我们不少的功夫，我怀疑这是喜旺干的，因为喜旺出走后就再也没有这种事情发生了。

稻子进了仓农事就淡了，农闲时好嫂闲不住，若她闲住了她的嘴就闲不住，所以好嫂去粮仓打工，和男人一样搬运粮食。一麻袋粮食有二百来斤，压在她身上她能步行如飞，但若是十麻袋，百麻袋压在她身上，结局会是如何呢？

那天，码好的粮食突然山一样地倒下来，好嫂正好扛着一袋粮食，躲不及，那些粮食就全部压在好嫂的身上！

从粮食堆里扒拉出来的好嫂只剩下一口气，剩下一口气的好嫂奄奄一息地望着我，我吓得大哭，我的哭引出了端村不少人的泪水，包括春花、秋云和冬秀。

好嫂给我一张纸条，她叫我去找喜旺。

我不去！我哭着说，我知道好嫂最恨喜旺。

去找他，他是你爸！

好嫂这样说，好嫂最后这样对我说。

我想问喜旺为什么会是我爸，这怎么可能？可是好嫂没有告诉我。她来不及告诉我。

好嫂死了，端村平静了，我却没妈了，寂静的端村很可怕，一片死寂。

我就离开了端村，握着这张纸进城去找喜旺，可是我也没有找到喜旺，只找到一个长得很像喜旺的人，我叫他爷爷。

我一直在爷爷家长大，喜旺没有出现过，我就这样长大了，长大的我很想知道好嫂和喜旺之间到底有什么恩怨，可是没有人告诉我真相，没有人。

　　我不去端村，我害怕面对它，但是每年清明的时候，我不得不回去一趟，我怀念好嫂，怀念并热爱她的坏脾气，这种爱生长在骨髓里，无法根除。

　　还有喜旺，却让我不知怎么怀念，想他了，我去看街上的电线杆，有时在夜里我会突然泪流满面，想到端村这俩人，我悲伤得无法悲伤。

# 油 布 伞

父亲撑着一把油布伞行走在弯曲的乡路上，黄色的油布伞面像一个半圆的桔子一点点地移出我的视线之外，而灰色的天空、稀疏的小雨魔术师般地彻底将他幻没在我的视线里。

母亲在等父亲去镇上割肉回来，她用阴晴不定的表情掩饰她内心兴奋而又矛盾的心情。在那个灰蒙蒙的早晨，母亲、父亲和那把油布伞都是特定的道具，以至于我一直不敢肯定，这个阴谋究竟是母亲单方面的设计还是父亲单方面的设计或者是他们之间心照不宣的合谋？

父亲不是完全的端村人，虽然端村的水土曾经养育了他，但他进城工作后就不承认自己是端村的一份子，只是他又不能脱离端村，因为我和母亲依然吃着端村提供的口粮，我们像系在风筝上的那根讨人嫌的线，束缚了他的自由。

我和母亲是他的累赘，我长大一些就能觉察出这一点，父亲在把部分工资交到母亲手上时，脸上是一种施舍的神情，而他从来没有帮我们干过农活。我们汗流浃背地弯着腰，躬着身体行进在稻田里，看着父亲悠然自得地在田间小道上行走，将双手背在身后，金黄色的背景里他的白衣显得无比干净和文雅。

那天早晨，父亲去而未归，而那把油布伞却老马识途般地回来了。乡邻将它递给我的母亲，并且奇怪地问我们的伞怎么会躺在断桥边，乡邻在还给我家伞时也带来了一个让人不安的消息，那座通往小镇的木板桥突然断裂！母亲闻言顿了一下，随即迅疾地跑到桥边，果然看到那块桥板从中断为两截，怨妇般地垂吊着，而干涸见底的河谷里只有遍布裸露的卵石和一些可疑的痕迹，但父亲已经失踪了。

父亲再次出现在端村时是在一辆警车的陪护下，他和两个身穿白衣的公安人员一同下车。父亲指控母亲有谋害他的嫌疑，因为那块断裂的木板有人

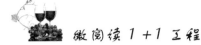

工割锯的痕迹！公安人员在验证无误的情况下威严地审问我母亲，我看到母亲脸上一片苍白，语无伦次但还知道矢口否认，所以最终因为证据不足，父亲的指控没有成立，但他却理所当然地提出了离婚。

父亲的提议得到了民众的人气支持，在端村，母亲本来就是个让人非议的女人，她长相妩媚，善于和男人沟通，所以常常绯闻不断。但只有我知道母亲是贞洁的，她只不过是利用姿色让一些男人心甘情愿地为她干些力气活，她从来没有在夜里出过家门。父亲用一些捕风捉影的流言作为离婚的理由，而木板桥的疑案更具有说服力，母亲找不到更好的理由来反驳父亲，在端村人的七嘴八舌中，她选择了顺从。

财产分割很好处理，父亲宽容地让母亲可以继续留在端村，因为他根本不打算回来，在我的归宿问题上，父亲和母亲的意见也惊人地相同，父亲希望我跟从他，母亲也极力游说。法官则用很官方的语言对我说，你已经 18 岁了，所以，你完全有自主的选择权，我们也会尊重你的选择。

我选择了那把油布伞，这把印着鸳鸯图案的油布伞据说是父亲送给母亲的定情物，它孤独而又安静地躺在角落里，我闻到一股浓重的桐油味道，还有忧伤。我对我的父亲母亲说，你们跟我来一趟。

我走到那座断桥边，撑开伞，回过头对他们相视一笑，我看到母亲惊叫了一声，父亲则皱了皱眉头，而我，却义无反顾地跳了下去。

我完好无损地从干涸的河道里爬起来，因为这把油布伞降低了我下降的速度，我知道做物理老师的父亲当然更知道这原理，因为他就是这么跳的，但我不会揭穿他，我准备背负着这个秘密远走天涯。

多年以后我知道，那块木板真是母亲偷偷地在夜里锯掉的，而策划者父亲在一旁愉快地抽烟，为了不伤及无辜，父亲选择了第一个行走。他们费尽心机制造离婚的理由，只不过是想把我的户口迁往城市，在那个户口至上和离婚艰难的年代，父亲和母亲只能出此下策。父亲的计划可谓是滴水不漏，但出了纰漏的是，我没有合作，通过上大学的方式将自己的户口迁离端村，父亲则假戏真做，他和一个城市女人结婚了，而母亲则一直留在端村，不管晴天还是雨天，都撑着那把油布伞。经过岁月的熏陶，油布伞已经暗淡无光，而当年断桥的地方早已有一座水泥桥，桥下有溪水流过，两岸野草闲花，风光无限。

# 铁皮屋

端村东头有一座小铁皮房子，孤芳自赏般地远离村落，夜里会突然有尖利的叫声传来，说不出的诡异。

孩子哭了，母亲会说，再哭，再哭把你扔到铁皮屋去！孩子立马停止了哭泣。端村的女人哄孩子都会用这招。

所以，无论我们玩得多疯，心里也有所顾忌。我们在太阳下捉知了，在月光地里捉迷藏，都远远地避开这处让人不寒而栗的地方。

但有时，我们会在大白天远远地望着这座神秘的小铁房，听不到里面的动静，却看到有一把大锁落在上面，而钥匙则由我爹掌管，我爹是村长。

爹也会隔三差五地去铁皮屋走动。每当铁皮屋里传出尖利的叫声时，爹就会端上饭菜走进铁皮屋。我远远地看见爹开锁走进去，然后将门关上，我听到屋内突然变得非常安静，然后又看到爹端着空碗出来，再次将门锁上，爹很安然地做着这一切。

我问爹，铁皮屋里关着的是什么东西，是人吗？爹对我的提问不予理睬。我就问娘，娘看了看爹，然后说，是人，是一个女人。

为什么要把她关起来？

因为她是一个疯子，她长着尖利的牙齿，专门咬小孩，为了不让她伤人，所以就把她关起来，但她连房子也咬，所以就给她做了座铁房子。你看，你脸上这道月牙痕就是让她咬的。母亲说。母亲喜欢我，但这种喜欢总带着几分小心翼翼。

我脸上有一道非常明显的伤痕，是小伙伴嘲笑的对象，让我很没面子，原来就是铁皮屋里那个女人所赐，这让我油然地对那女人生出几分恨。

那为什么总是爹给她送饭呢？

因为你爹是村长。

她没有亲人吗？比如孩子什么的？

没有。母亲犹豫了一下作答。

我在心里描绘着这个女人的长相，她一定披头散发，脸色苍白，有一双铜铃般的大眼睛，嘴里吐出长长的獠牙，就像电视里的女妖。

太可怕了。

当然，这只限于我小时候的印象，当我升入高中时，便对铁皮屋没有恐惧之感，但依然有好奇心，所以我有一次非常固执地跟在父亲后面，和他一起走进铁皮屋。

我第一次看到她的时候确实很惊吓。她的确披头散发，但是嘴里并没有长出利牙，而且非常瘦，手腕上套着一根闪光的铁链，另一头则连着屋子中间的铁柱。她无头苍蝇般转着圈，声嘶力竭地叫着。

我站在爹的身后，很冷静地看着她，她看到我则情绪激动，嘴里发出我似曾相识的叫声。

爹厉声呼喝了一句，那女人突然噤声。然后爹把饭碗递过去，女人敏捷地抓过去，狼吞虎咽地吃着，然后望着爹傻笑。爹皱着眉，将她牵出铁皮屋，在野地里走一圈，六月的阳光从天空抛洒下来，女人像一只被驯服的猴子乖顺地走在爹的后面，而她的身后照例会有一群小孩子重复着我们以前的游戏，不停地朝她扔小石子。

她为什么这样怕你？我问爹。

因为我是村长。爹回答。

村长的儿子不能太没出息，所以我在读书的时候便用了一些功，我考入了一座很不错的学校，在北方一座大都市。我之所以选择北方，是因为出于对故乡的背叛，感觉走得越远越有出息。

爹在村里大摆宴席。村里的男女老少都来为我饯行。爹领着我给长辈们一一敬酒，我手执酒杯，跟爹提了一个要求，我说我想先去一下铁皮屋。

爹浑身颤动了一下，然后望着娘，娘悄悄地将目光低垂下去。

我跟在爹的后面，手里执着酒杯和酒壶。爹将铁皮屋打开。很久没有人来过了，铁皮屋已经锈迹斑斑，门前则长满杂草。

屋内空空如也，只有那根蜷缩在地上的铁链，一头已经散开，另一头还拴在铁柱上，委委屈屈的，似乎想诉说什么。

突然，我泪水如泉涌下，将一杯酒泼洒于地，悲悲切切地叫了一声：娘——

声音冲破铁皮屋，响彻端村的上空。

很可能，这是她第一次听我叫她，我想，她会听见的。

娘下葬的那天，我跟在送葬队伍的后面，那时我已知道她的身份，我没有叫。葬礼完了，爹铁青着脸，爹说，你娘是为你疯的！那年，你发了一场高烧，她带你走了十几里夜路，一路受惊且急火攻心，然后就……你脸上的疤，就是她神志不清时咬的，她为你驱魔，她坚信她咬的是魔鬼。

从那以后她失去了理智，见小孩就咬，家里无法困住她，所以，只能为她打造一座铁房子，我们都在你面前隐瞒她的身份，爹是自私，但也是为你好。爹默然地说。

我无语，只任泪水在脸上流淌。

我离开端村后，爹把铁皮屋拆了，但是我脸上带着这道月牙痕，浪迹天涯。

# 红 土

女人提着大嘴茶壶上山的时候，夕阳正准备收拾行李下山，黄昏的余威烘烤着男人汗流如雨的后背，女人上前疼惜地用袖子去揩男人背上的汗水，男人惊觉回头，见是女人，憨憨地笑了一下。

"李长河，咋还这么发狠呢，刨了这么多年，也没见你在土里刨出金子来。"女人给男人倒了一碗茶，递到男人手上，刻意地说出这么一句话来。

李长河感到很羞愧，这句话是他在恋爱时对女人讲过的，那时，他领她来看自家的自留地，望着这片宽广的红土，手一挥，很有信心地对她说："你别看现在光秃秃的，我会在土里刨出金子来的。"

女人大约是相信了男人的承诺，或者看中了他别的什么，不顾家人的强烈反对，成了红土地上的一个新娘。

这是一片孤绝的红土，耀眼的红色让人忧伤，种啥灭啥，只有顽强的巴茅草可以在这里扎根，东一丛、西一丛的。靠山村的村民祖祖辈辈在这块红土地上耕作，播下希望的同时失望也播下了。

李长河以为他能改变这一切，读完农大后竟然放弃了一切功名回了家，书呆子气地说了句他要改变家乡的红土。爹娘气得当场吐血，等到红土地里能长出稀稀拉拉的玉米秆子，村民早扔下锄头进城务工去了，李长河只是把自己改变成了一个中年男人，红土依然，穷困依然。为了彻底根治靠山村的贫困，政府决定移民，在另一个水美草肥的土地上给他们安置新家。听到这个消息李长河愣了，靠山村的人却欢天喜地，一个个都搬新家去了，李长河却一拖再拖，终于等来了一辆大铲车，李长河看着大铲车猛虎般地瞬间吞没了一幢空房，这才死了心，不得不对这片坚强的红土俯首称臣。

"回家吧，行李我都收拾好了。"女人说："听说那边什么都安排好了，就等着我们进去住呢。"

"你先回吧，我再呆一会。"李长河说，他望着女人提着大嘴茶壶一摇一晃地下了山，松垮的身体牵扯出他的心痛。天色渐暗，李长河扑倒在红土地上，放声大哭，红土地默默地承受着一个男人绝望的哭声，然后又看到他很小心地将随身带着的一个玻璃瓶子拿出来，装了一瓶子红土，跌跌撞撞地下了山。

　　新家果然很漂亮，他们分到了一小片黑土地，李长河一眼看出土地的肥沃，蹲下来伸手握了一把，在手心里揉了揉，"这土地贼肥，一脚能踩出油来。"李长河兴奋得说话都颠三倒四。

　　李长河将种子撒下，几天后就长出绿油油的秧苗，他感慨地对女人说："这土地真好，种什么长什么。"李长河在种什么长什么的土地里撒着欢，就像一匹马闯进了草原。

　　穷日子就这样翻过去了，那片红土再也没有入过他们的梦境。入冬的时候女人得了一种怪病，浑身奇痒，而且溃烂。李长河说，想家了吧，我就知道你会想家。他们还习惯把已经不存在的靠山村称为家，女人说鬼才想，男人说不想你咋得这病，这是思乡病知道不？女人慌慌地问有治吗，男人笑了，说吃几付药就好了。

　　李长河拣了几帖中药回家来熬，熬成药汤叫女人喝下，女人看着药汤泛红，说中药咋是这颜色呢，李长河说我加了药引了，中药没有药引子是没药效的。女人问药引子是什么，李长河笑而不答。女人喝了几天这种泛红的药汤，身上果然不痒了，溃烂的地方也在结疤，女人的心情因此愉快起来。

　　过了不久，李长河也觉得浑身奇痒，身上开始溃烂，他知道自己也害思乡病了，其实他认为他早应该害相思病了，他望着满身的溃烂，居然很激动。

　　李长河吩咐女人给自己抓几帖中药来，女人依照他给的药方，从集市上抓了来细细地熬好端到李长河面前，李长河说还要放药引子呢你忘了，女人就问药引子在哪，李长河说在最高的那层柜子里，女人不知道一副药引子男人会看得这么金贵，这柜子平常都锁着，家里最有身份的物品才有幸进入。女人开了锁，没看见药引子，只看见一小瓶子红土，女人告诉男人说没有药引子，柜子里什么都没有。怎么可能什么都没有呢？李长河生气了。是没有嘛，女人委屈地说，只有一瓶子土。李长河说去拿吧，就是它了。

　　女人吃惊地看着李长河将一撮红土放进药汤里，看着他捧起那碗漾着红色的药汤，呆呆地望了好久，女人恍然看见有什么东西滴落在药汤里，李长河已经牛一般的低下头，将那碗药汤一点不剩地喝下了。

# 出　走

父亲出走那天，没有丝毫预兆。

那天他挑着一担装着油桶的箩筐晃晃悠悠地出门时，回过头来对母亲憨笑了一下，这习惯性的笑容就此成了母亲绝版的记忆。因为，父亲没有像往常一样在太阳落山之际挑着一担满满的油菜籽回家。

那天的太阳很亮，照着我心里慌慌的，我看到端村的人像潮水般地往村外跑，一定是发生了大事。我也想跟着跑，可是，我往外迈一步便倒了下去，我觉得心里像着了火。

朦胧中，恍然看到母亲苍白着一张脸，抱着我朝乡医院跑去，大腹便便就像一只企鹅。顺子抢过一辆三轮车将我和母亲安顿在车上，我在一路的颠簸中迷糊了过去，醒来我听到一阵嘹亮的啼哭，母亲凄苦地躺在我身边，我刚出生的妹妹正在"哇哇"啼哭。

那年我烧坏了脑子，傻呵呵的，没有人愿意同我玩，我经常一个人在后山坡看蚂蚁上树，看到远方一行挑着箩筐的男人慢慢走近，我便上前一一审视，看哪位是我的父亲。父亲是挑着箩筐出门的，他若是回来，一定还挑着箩筐，我坚定着这种想法。

父亲出走得毫无道理，他即使不喜欢我，也应该喜欢聪明伶俐的妹妹，何况他出走那天我还没有变傻，我把这想法转达给母亲，母亲劈手给我一掌，不许提到他，不许提这个没良心的男人，他让狐狸精勾走了，他的心让狗吃了！母亲立即借机发挥出她的诅咒功能，她的唾液在端村的空气中飞扬。

这时顺子在黄昏中走近母亲，叫她英嫂，他掏出一沓钱给母亲，说是油坊的退股费。母亲接过钱，天女散花般地洒了一地，随之恶毒的诅咒刀子般地射向顺子。顺子低着头说，英嫂，你男人都走了，我能不给你退股吗？母亲说，我男人走了，我还在！但是顺子坚持自己的意思，母亲便什么也不说，往地上一躺，洁白的泡沫泛出嘴角，我拍着手笑，顺子却慌了，急忙蹲下按母亲的人中，母亲却又突然爬起来，吐掉口中的泡沫哑着声音说，顺子，你要是不答应让我进油坊，我就真的会得癫痫，我家这两个小祸种就要进你家的门。顺子惊慌失措地跑走了，第二天母亲如愿进了油坊。

身材瘦弱的母亲为什么一定要进油坊，还玩这么卑劣的方法，难道她比我还傻？油坊是男人的世界，只有他们才扛得住，母亲用一年的时间才适应了这种劳动强度，虽然瘦弱却孔武有力。

母亲在端村是个厉害角色，虽然父亲多年来杳无音信，有不打算再回来的意思，但是我和妹妹在村里的地位却不输于有父亲罩着的孩子。母亲有一张刀子嘴，骂人能骂到人心尖上，还有一手表演癫痫的绝活，让我拍案叫绝。一次母亲和顺子的老婆吵，顺子的老婆骂母亲骚货，勾引她男人，母亲走上前去，用她在油坊中打磨出来的糙手煽了顺子老婆一巴掌，那女人的左脸立即像一个膨胀的气球，女人"啪"地从嘴里吐出一口血丝，披头散发去娘家搬救兵，她娘家兄弟凶神恶煞般地站立在我家门前，母亲故伎重演，躺在地下玩起了吹泡泡的魔术，那些人见势不妙灰溜溜地败走，我和妹妹吓哭了，母亲翻身坐起，说，哭什么？我是装的！

我读书时还拖着一脸的鼻涕，学习奇差，连降两级，便和妹妹同班，闹了很多笑话。初中时我又得了一场严重的高烧，几天水米不进，顺子说，一个傻货，死了也就死了吧，顺子说这话时已经挖好了一个土坑，母亲又从嘴里吐出刀子，将顺子杀得落荒而逃。七天后，我醒了，脑子一片清明，从此学习成绩一路飙升，高考那年，我和妹妹双双高中，创下了端村的神话。

母亲哭了，哭过后的母亲拉我们到一座长满青草的坟地上，快告诉你们爹，说你们考上了大学，让这死鬼安息。

爹？爹不是让一个狐狸精勾走了吗？我疑惑地望着母亲。母亲说，我只是让你们像个有爹的孩子一样心里有靠山，你爹，在你妹妹还没出生的那年就……现在，我总算把你们拉扯大了，你们都大了，我放心了。这个在母亲心里藏了十几年的秘密就这样烟花般地绽放在阳光灿烂的午后，母亲说完一屁股坐在地上，一脸的疲态，像一只泄了气的皮球。

不久母亲也走了，母亲是在河边洗衣服时突然栽到河里去的，被捞上来时牙关紧闭，嘴里还泛着泡沫，母亲死于癫痫。可我记得母亲的癫痫一直是装出来的。

18岁那年我从端村出走，我知道我不会回来，临行时我到那些坟茔去看了看，这里埋藏着我至亲的人，我把他们的名字刻在石碑上，然后在他们的注视中，渐行渐远。

# 榜　样

　　庆红从城里打工回来，和出去时的样子判若两人。

　　头发染了，眉毛纹了，嘴唇漂了，某种生活经历铬铁般地在她身上留下了痕迹。

　　栓柱就要发飙，栓柱是庆红的男人。

　　栓柱发飙的时候庆红及时地递上一沓钱。

　　一叠红色的人民币堵住了男人心头的火，但是数着数着男人的自尊心就受了伤，男人觉得伤了的时候就在庆红脸上扇一巴掌，庆红忍着没有吭声，在男人扇到第六个巴掌的时候庆红还了男人一巴掌。

　　"你一个大男人窝在家里没本事，打女人算什么呢，有本事你去挣钱来呀。"这一巴掌不只打在男人的脸上，也打在他心里，男人蔫蔫的不再吭声，埋着头一心数钱。

　　沿山村很穷，致富的方法也演练过几回，荒山种了果树，光长叶子不挂果，田地里产量也始终高不起来，一年到头也就混了一张嘴，眼看着别的村庄都有各自的门道致富，什么"蘑菇村"、"冬瓜村"的，都是在某位能人的带动下形成了一道致富的产业链，唯独沿山村穷山恶水，种西瓜得芝麻，自然条件极差。

　　栓柱曾经想做沿山村的能人，想做外出务工的领头羊，但一没文化、二没技术，成了"农民工"里最没出息的"农民工"，在城里流浪了一年，坑蒙拐骗后所剩无几，田地里还荒了一年的粮，日子依然是外甥打灯笼——照旧。

　　栓柱败下阵来，庆红顶了上去，庆红走了一条捷径，当然之前庆红经过一番激烈的思想斗争，最后还是说服了自己，说服自己的理由很简单，做下这种事的，不是自己一人，都市里有几分姿色的女人都在用这种手段混饭吃，那还丢什么人！

乡村生活无秘密，小两口这一幕很快就传到了河边，河边有几个年轻女人在洗衣服，"嗵嗵"的捣衣声就如开戏前的锣鼓，一台好戏就在河边上演。

"女人最金贵的就是自己的身体，庆红咋会做出这种下作的事来呢。"菊花一边拍打衣服一边不屑地撇嘴。

"就是，人穷要穷得有骨气，做这种事，真不要脸。"春香发狠地敲打着手中的衣服。

"桂兰，你比庆红还生得好，你要肯做这种事呀，挣得肯定比庆红还多。"

"臭 X，我撕烂你的 X 嘴！"叫桂兰的女人红涨着脸，半骂半笑，河边就荡起一阵快乐的笑声，这些即兴台词也随流水渐渐走远。庆红听不见，或者听见了也装着做不见。

不久，庆红又出去了，而且把栓柱也带上了，村人的眼睛就睁得更大了，这栓柱咋就肯心甘情愿地做龟公呢，村人实在是想不通。

隔年，一幢漂亮的小楼房在河边竖起来了，做房子的时候，庆红和栓柱都回了家，他们请村里人做帮工，这帮工不白帮，给工钱还管饭，做上梁酒的时候，庆红大摆宴席，村里人吃得满面红光。庆红两口子的大方待客成了人们津津乐道的话题，钱真是人的胆，没钱敢这么折腾？

混凝土浇的顶、瓷砖贴的面，庆红家的房子像一座风景，筑在河边亭亭玉立，这是村里第一幢小楼房，刺得村人的眼睛发亮，心里发痒，标本般的成了人们追求的目标。

不管黑猫黄猫，抓到老鼠就是好猫，过程不重要，结果才是硬道理，吃完上梁酒回来，男人和女人的心都让酒精窜得上下翻腾，也翻腾着这种想法。

"你看人家庆红，才一两年的功夫，做了这么好的一幢楼，咱们这么拼死拼活地干，不知啥年月才能像她家一样呢。"桂兰话里有话地对自家男人说。

"就是呢，庆红都成了村里的榜样了。"男人说，一双眼睛看着桂兰，眼里是鼓励的眼神。

隔日，桂兰就鼓起勇气走进庆红的家，意外地看到菊花、春香她们几个都在，几个女人你看看我，我看看你，心照不宣地笑了。

年后，沿山村空了，只剩了一些老少守着，村里的年轻人在庆红的带领下都奔城里去了。一年后，村里陆续有人在建新房。

榜样的力量是无穷的。

# 饯行在 1985

父亲推车过来的时候，夕阳在他身后，水根也跟在他身后，水根是这辆载重自行车的主人，车牌是飞鸽的，前面那只标志性的小鸽子还用红绸子扎着。这车是水根心尖尖上的肉，任何人都别想打它的主意，不知父亲怎么借了来。父亲躬下腰，正给自行车充气，水根在后面跟着父亲的身体一起一伏，嘴里还叫着小心，父亲说，我有分寸的，你这人咋这样呢，要不你骑回去吧，我去借大龙的车。水根看了看我，立即说，大龙那破车能骑吗，你放心用吧，这车经得起折腾，水根边说边走，似乎怕父亲反悔。父亲望着水根远走的背影得意地一笑，然后继续他未完的工作。我的手中摊着一本书，眼睛却望着母亲，母亲整个下午都在和那只芦花鸡捉迷藏，母亲一边追它，一边笑着骂，这只芦花鸡很狡猾，而且劳苦功高，曾经孜孜不倦地给我饭碗里增添着金黄色的荷包蛋，现在，母亲想果断地结束它旺盛的生育能力，再狡猾的狐狸也斗不过猎人，我看见猎人迈着轻捷的步伐走向厨房，不一会便有几根紫色的羽毛从厨房里飘了出来，在小院里飘飘忽忽地飞着，同时一阵芳香也扑鼻而来。

我无心看书，索性将书扔开。淡蓝的天空下，牧童正骑着水牛归来，我却看见七婶急急地扑向田野，她每天都是这个时候出去收豆子，制作成豆腐第二天向村庄乃至更远的地方传送。七婶制作的豆腐是当地一绝，尤其是她的水豆腐，鲜嫩可口，让人吃了还想吃。七婶在出村的途中碰到正从集上归来的六叔，六叔手里拿着一个纸包，油色已经从厚重的牛皮纸里往外沁，还有那包不住的卤香，我还听见七婶和六叔在交谈，七婶说六叔在镇上过了酒瘾还不罢休，还要买上卤菜回家宵夜，六叔笑而不答。六叔的豪爽和七婶的精明都是村里出了名的，当然他们不是我真正的七婶和六叔，只是一种习惯的称呼，湖山村很小，小得整个村庄就像一家人，湖山村也不富裕，所以每个人对日子都很计较。

太阳终于滚向山那边，一弯上弦月早早地挂在天边一角，萤火虫提着灯笼在窗外飞来飞去，外面虫声阵阵，我一时没有睡意，躺在竹床上，看到父亲正在收拾行李，母亲坐在我的身边摇着扇，一边催我快睡，我促使自己什么也不去想，却就是不能入睡，我闭上眼，一会儿又睁开，迷迷糊糊地睡过去了，却又突然一个激灵醒过来了，这样折腾到半夜，终于沉稳地睡着了，醒来，看见母亲依然端坐在我身边，眼睛闭上了，手里还机械地摇着扇。

父亲在摇着车铃，原来父亲也早就醒过来了，我一个翻身爬将起来，母亲也"腾"地睁开眼，推开窗，东方已露出线白，该是上路的时候了，母亲变戏法地端出一锅煮好的饺子来，天啊！这么金贵的东西，她是怎么弄出来的？

吃完丰盛的早餐，我和父亲一同出门，打开门的瞬间，父亲和我都怔住了，这是我从没见过的场面，我们的家门口，几乎站着整个湖山村的乡亲！

"吃完我一碗水豆腐再走，吃了会提神补脑。"七婶不由分说，将一碗亮晶晶的水豆腐送到我面前。

"拿上我煮的五香茶叶蛋吧，正宗的，香着呢。"五娘胖乎乎的手里握着一碗酱色的茶叶蛋。

"我的烙饼，一定要带上，路上吃。"三嫂个子小，她拼命从人群里挤将出来。

"看，香喷喷的卤猪蹄，昨晚我和自己较了一夜的劲，硬是没有吃。"六叔笑嘻嘻地将手中的油布包递到我面前，芳香依然。

……

我没有说话，父亲没有说话，母亲也没有说话，我觉得心里像有什么东西在堵着，我暗自将双拳握紧，对着熟悉的众多面孔，深深地弯下腰，这情不自禁的礼节，没有人教我，我却在一瞬间就学会了。

1985年7月6日的凌晨，我像个出征的大将军，我的后面是给我饯行的乡亲，他们操着和我一样的口音，那些乡音追着我的步伐，我坐在父亲的后车架上，听得真切。

这天我去赶考，我是湖山村第一个进城赶考的学子，父亲在前面躬着身体踏车，我就这样乘着这辆飞鸽牌自行车飞离了故乡。

# 预　见

　　马小然一觉醒来，还惦记着那片玫瑰海，那样色彩斑斓地摇曳在他的梦中，而且不止一次。母亲帮他整理书包的时候，马小然便绘声绘色地讲述着他梦中的那片玫瑰。母亲和颜悦色地问还有红颜色和黄颜色的？马小然庄重地点头，母亲笑了，她转过头微笑着对年轻的父亲说，我听说做彩色梦的孩子聪明。后者正在一边看报纸一边喝牛奶，闻言也得意地一笑，那当然，也不看看是谁的种。在这个春天的早晨，这一男一女因为这个和他们不相关的梦而衍生出生活的小情调，只有做梦的小主人公一脸的不满，他觉得，他们完全误解了他的意图，他做梦的意图，可是他自己又解释不清。

　　玫瑰海的梦诞生在 12 岁的马小然的一个春天的夜晚，然后便像一个定期探访的朋友一样，每隔一年半截便如约而来。上初中的马小然在《我的理想》的作文课中这样写道：我的理想就是拥有一座庄园和一大片土地，然后全部栽上玫瑰，花开的时候像一片红海洋，我要做庄园的主人。老师把马小然的理想在全班公布并且说他的理想很独特，母亲却不高兴，她说什么庄园主人？说穿了不就是一个农夫吗，我决不允许一个会做彩色梦的孩子长大后做一个农夫，决不允许他重走先辈的道路，我们这样巴巴地从农村出来是为了什么？我们这样辛苦地工作是为了什么？还不是让你永远地在城市扎下根来，做一个真正的城市人！母亲越说越激动，说到动情处居然流下泪来，她恨铁不成钢的目光让马小然有些惶惑，他不明白母亲为什么会留恋这座充满烟尘的城市？为什么愿意放弃家乡漂亮的楼房而蜗居在陌生都市的出租屋里？还口口声声地说是为了自己？这可不是马小然想要的生活，马小然喜欢家乡的小河和田野，那么大的一片责任田如果全部种上玫瑰应该相当可观，可是家里的田地都租给别人去了，马小然回不去了。

此后，马小然依然会隔三差五地重复那个梦，可是他再也不敢和母亲说，他只是自己在心里默默地重温着，但敏锐的母亲还是从他欲言又止的神色里看出蛛丝马迹。为了斩断他梦中的玫瑰，母亲在暑假里果决地带他去北京看清华园看未名湖，母亲口气坚决地说，你往后不许梦见玫瑰，你应该梦见在未名湖畔看书，让这个梦成为现实！

马小然未能实现母亲的梦想，他只是考取了一座普通的高校，在四年校园生活中，他的玫瑰梦经常像蝴蝶一样翩翩飞来，现在他可以享受这个梦了，并且开始策划人生的目标，朝着他的梦想进发。他经常和尹小依一起喝茶，在茶楼里讲述他的玫瑰梦，尹小依看了看表情认真的马小然，然后"咯咯"地笑了。

马小然，你真是一个有意思的人，你喜欢我，直接讲出来就可以了，何必用玫瑰梦来投石问路呢，马小然，你真有意思。

马小然又有些惶惑地看着一脸灿烂的尹小依，她和他母亲一样误会了他的意图且一样的武断。不过马小然对尹小依是有好感的，这一点很肯定，不然他不会一厢情愿地把尹小依视作知己，不断地对她讲述着自己的梦。

喜欢我，你可以说啊，现在又不流行含蓄。尹小依怂恿着马小然，并且很大方地挽着马小然的手臂，而且日后成了马小然的妻子。

婚后，马小然还在时断时续继续他的玫瑰梦，他这个持续不去的梦伴随着他带着向往神情的喋喋不休的诉说终于激怒了尹小依。在一个大雾笼罩的早晨，她叉着腰怒喝着马小然：你为什么不梦见房子，梦见汽车，梦见成捆成捆的钞票，偏偏梦见那些破玫瑰，你以为你马小然是什么，是不食人间烟火的神仙吗？我受够你了！尹小依跳着脚骂，然后推开门打算一走了之，她神情激动地在马路上行走，完全不知道一辆汽车像个凶徒似的跟在她身后，马小然在后面紧张地叫喊着，且在万分危急之时将尹小依推上了人行道，然后，他看到一只汽车车轮奇妙地悬空在自己眼前并且诡异地空转着。

几年后，在城市东郊的那片空地上，突然出现了一片玫瑰种植园，花开的时候艳丽一片，就像一片红色的玫瑰海。马小然俨然一个庄园主的身份，看着母亲和尹小依像两个农妇在玫瑰园中操持着，他缓缓地摇动着手中的轮椅，朝着花丛深处走去。

# 樱 花 落

　　女孩的第一声啼哭，唤醒了山坡上的野樱花，年轻的父亲望着远山上雪一般美的野樱花，随口给女孩子取了一个诗意般的名字叫"雪樱"。

　　樱花美，开在无人赏识且贫困的深山，也只能以寂寞谢幕。只有雪樱长大的时候，喜欢穿着碎花的红衣裳，来到这块开满野樱花的山坡，读书，或者赏花，樱花树下藏着她美好的梦想。

　　此刻雪樱站在樱花落尽的樱花树下，她在等待镇长，也在等待希望。

　　落山村非常偏僻，每年雪樱的高考成绩，都是寄到镇上，镇长代为转达，镇长家也在落山村，那座漂亮的小洋楼是村里的标本。

　　雪樱自小就和村里的伙伴不同，她喜爱读书，志向远大，一心想到都市里去念书，但是接连两次高考都落第，雪樱要求父亲再给她一次机会，父亲望着心爱的女儿，点点头，背地里却叹了一口气，为此，他已经背负了很多的奚落和嘲讽，还有债务。

　　镇长的脚步声在远方响起，雪樱的心又异常地跳动起来了，她已经可以分辨出镇长的脚步声。

　　镇长的身影才刚刚现出坳口，雪樱就急急地迎了上去，问，叔，我的分拿到了吗？

　　镇长非常沉稳，面色平静地看了雪樱一眼，说，雪樱，上家里去说吧。

　　镇长喝了一口父亲泡的山泉茶，叹了一口气说，唉，这次只差三分。说着从怀里掏出成绩单。

　　雪樱看都没有看一眼成绩单，飞也似的进房去了，父亲也想跟进去，被镇长拉住了，镇长说，让孩子自个呆一会吧，这时候说啥也不顶用。镇长又说，都考了三次了，明年就别再考了，让人笑话，雪樱是个有文化的孩子，明天起让她到镇政府来上班，我们需要这样的年轻人。

父亲的心里先是悲，然后是喜，千恩万谢地送走了镇长，把镇长的意思透露给了雪樱，雪樱没有说什么，去镇政府上班，并不是她的终极目标，她还想再考一回，可是，看见父亲头上樱花般的缕缕白发，雪樱没有吐出自己的要求。

镇长回家时儿子也急急地迎上来问，爹，雪樱考上了吗？镇长横了他一眼，雪樱考上了，有你的好吗？儿子先是一喜，然后又是忧，说，雪樱又该有小半年不会快乐了。

镇长面色沉重地走进房里去了，他的心里藏着一个惊天的秘密，这个秘密此刻就握在他的手上，一张红色的录取通知书。镇长闭上眼睛说，雪樱，别怪叔，你要是飞离了落山村，我儿子会发疯的。镇长掏出打火机，看着那张红色的纸慢慢地化为灰烬。

野樱树下，却从此多了一个不快乐的女孩，她虽然开始在镇政府上班，也和镇长的儿子，落山村最英俊的青年，结成了别人眼中的郎才女貌，可是雪樱的心思，就算深爱着她的青年也未必懂，雪樱只喜欢一个人徘徊在野樱树下，看如雪的樱花缀满山坡。

"别动！"一声异性的轻喝，惊醒了雪樱，雪樱抬头看见一个长发青年，一身时尚装扮，一看就知道是来自山外。此刻他正摆开画架，手中画笔龙飞凤舞。

洁白的樱花树下站着一个红衣少女，两条乌黑的长辫，秋水般澄澈的目光里隐藏着一抹忧郁，雪樱被自己的画像打动了，她双手接过青年手中的画像，看到他洁白修长的手指染了一些颜色，心里无由地一动。

交谈中，雪樱知道了青年来自某师范大学的艺术系，来山里采风的，雪樱听到那座大学的名字时心里又动了一下，因为如果没有落第，她也可能会就读于这座学校，野樱树下，雪樱问了青年许多问题，都是关于那座学校的，青年笑着一一回答，又说，什么时候你到我们学校来玩啊，我一定带你好好去逛逛，我们校园里也开着樱花，非常美。

雪樱却扭头就跑了，青年以为自己哪里得罪了她，在身后不断地喊着雪樱的名字，雪樱一路跑着，穿过层层叠叠的樱花树，泪雨纷飞如身后纷纷坠落的野樱花。

来年，一辆披着"喜"字的花轿穿过樱花树，轿内玉手一扬，一张画像落在了洁白的樱花树下，洁白的花瓣纷纷扬扬落下，很快就将画像掩藏，却依稀可以看到画中的少女站在如雪的樱花树下，穿着一袭少女红，两条乌黑的长辫，翦着秋水般澄澈的目光。

# 菊花白　菊花黄

　　冷小素喜欢坐在秋风吹过的院子里，手中摊开一本诗词，和满院的菊花对视，菊花开得正艳，白的似雪，黄的似金，秋风摇曳着菊花，也摇曳着冷小素。

　　冷小素看起来很闲适，但这种闲适的生活只在张大柱喝酒之前，张大柱喝酒是一种痛，会将酒杯捏在手中"咯咯"作响，然后粗声喝问："那个人到底是谁？说！"

　　冷小素不说话，猫一样乖顺地走上前去，任张大柱抓住她一头飘逸的长发，象一只送入虎口的羊，承受着张大柱的拧、捏、掐、打。

　　剧情总在张大柱酒后上演，台词不多，情节也因为多年的彩排而烂熟于心，冷小素有时配合，有时不配合，冷小素不配合的时候张大柱就像老鹰抓小鸡一样把她抓过去，在她娇嫩的肉体上又抓又拧，看着她白嫩的身体一阵青一阵紫，张大柱的目光就变得猩红，喘息变得粗重，他就会将冷小素拦腰抱起，伸出粗腿往后一蹬，将房门踢死，然后走向那张宽大的床。

　　上世纪六十年代，青河水不像现在这般混浊，青河镇也没有现在这般繁华，那时候冷小素是一朵花，是一朵毒花。

　　毒花最美，烈酒最香，张大柱爱喝酒，爱喝酒的张大柱是个二愣子，三代赤色贫农，他天不怕地不怕，把冷小素这朵孤傲的花采回了家。

　　冷小素抱着一大摞书做了陪嫁进了张大柱清贫如洗的家，"资本主义的变天账你还敢带到我家来！"张大柱将那些书统统丢进火堆里，冷小素发疯一样地扑过去，拼死抢回了一本李清照的诗词，抱在怀里不肯撒手，用求助的目光望着张大柱，张大柱领袖般地挥了下手，冷小素抱着书兔子一样地跑进房里。

　　喜夜，张大柱将一张洁白的棉布铺在新床上，冷小素不解地望着他，张大柱暧昧地冲她一笑，然后一口吹灭了蜡烛。

冷小素是在一个耳光中醒过来的，她睡眼惺忪地望着暴涨着一张怒脸的张大柱。

"那个人是谁？说！"张大柱压低了嗓子，像一只低声咆哮的野兽。

"什么人？"冷小素还在云雾里。

"贱货，你还装！"张大柱手里举着一张洁白的棉布，那上面纤尘不染。

青河镇有个风俗，新婚第二天新郎要举着一张白布招摇过市，此刻那几个坏小子正在门外等着呢，张大柱气急败坏一把咬破了自己的中指，将一抹鲜红涂在了白布上，然后像举着一面胜利的旗帜一样飘然出门，脸上挂着征服者的微笑。

此后，张大柱就常喝酒，酒喝到醉处就将酒杯捏在手中"咯咯"作响，所有的愤怒自酒杯向冷小素蔓延：那个人是谁？到底是谁？

当然，张大柱没有得到答案，冷小素永远不知道那个人是谁，或许知道了也不告诉他，冷小素只会很乖顺地走近他，让他拧、捏、掐、打，让他气喘，让他抱上床。日子看上去是新的，实际上每天都在重复，今天的云抄袭昨天的云。

张大柱也有不喝酒的时候，他必须去挣钱，否则这日子没法过了，冷小素基本上不出门，她专心在小院子里整出一小块土地，全部种上菊花，冷小素像伺候孩子一样伺候着这些菊花，她没有孩子，很多年了，所以菊花就是她的孩子，白的似雪，黄的似金。

冷小素偶尔也会出门，那是在每一次张大柱酒后，冷小素会去找一个叫做诸葛云的男人，这个男人是她唯一接触到的异性，诸葛云是个医生，以前在镇医院，现在自己开诊所。

"你应该离开他，离开这个禽兽。"每次诸葛云看到她身上那些蝴蝶般美丽的伤痕都这样说。

冷小素摇头，摇得很慢，很坚定。

冷小素拿了一些药就离开，花开的季节冷小素会留下一束金黄的菊花，镇上的小孩每个人也会得到一枝金黄的菊花，那段时间是冷小素抛头露面的日子，她脸上挂着淡淡的笑，手里捧着一大把菊花，像个散花仙子。

"那个人到底是谁？"张大柱几乎是在哀求，他现在没有力气将酒杯捏得"咯咯"作响，他是一头垂死的狮子，不肯咽下最后一口气。

冷小素没说话，风一般地找到诸葛云，"扑"的一声跪在他面前。诸葛云就随冷小素来到张大柱身边，张大柱的眼睛亮了亮，指着他俩，没说出话，像解开一个千古谜团，安然地闭上了眼。

"那个人到底是谁?"诸葛云将杯子捏在手里，酒杯没有"咯咯"作响，冷小素不满意。冷小素给诸葛云做示范，然后像送一道可口的晚餐一样将身体送到诸葛云面前。

"我，我下不了手……"诸葛云嗫嚅着。

冷小素不说话，悄然转身，一滴清泪爬上她的脸庞。

诸葛云做了一宵好梦，起床后发现身边空空的，屋子里空空的，院子里也空落落的，只有西风卷着门帘，满院的瘦菊花，白的似雪，黄的似金，开得烂漫如云。

# 野 骆 驼

　　周云龙打开车门，看着远离漂城的这个叫做日落的边塞小村，夕阳下黄沙土路，一颗行将就木的老树孤独在站在村口，一条瘦河从村旁绕过。周云龙非常讶异，日落村的情景竟和从未涉足过此地的父亲的描述神奇地吻合，为此，他不后悔自己的选择。

　　弥留之际的父亲一声声地唤着周云龙，千叮万嘱地要他送自己去一个叫日落的小村，周云龙很奇怪，落叶归根当然是他们这辈人最固执的生活理念，但他们的老家在端村。周云龙用疑问的目光问家里的老寿星祖母，此刻，老人由嘤嘤啼哭突然变得抓狂，或许她这种状态不仅仅是白发人送黑发人的悲痛，还有一种秘密即将被揭开的恐慌。

　　关于父亲的归宿问题，家族里出现了两种意见，一种认为父亲所说的日落村很可能是子虚乌有，是一个病重老人的幻觉，但周云龙坚持不给父亲留下遗憾，并且终于查出了这个日落村。周云龙虽然是父亲的小儿子，但他在家族中混得最出色，所以他说话也最有份量，何况一切的经费都由他出，家族人便顺水推舟地把这趟长途出殡看作了一次远游。

　　这行浩浩荡荡的队伍在村口便遇到了阻拦，一群村民当中有一个头发稀少的胖男人冷着脸问他们想干什么，周云龙直觉这人是村里的权威人物，便说明了来意，他报上周天水的名字。胖男人想也没想便说不可能，我们这里都姓马，没外姓。那就是马天水，周云龙说，或许你可以查下宗谱。宗谱是随便可以查的吗？我不能相信你的话，现在有些城里人买不起墓地都打起乡下的主意了，还说什么落叶归根。你看我像是买不起墓地的人吗？周云龙淡淡地笑着，花街的私企老板周云龙用淡定的笑容镇住了胖男人，他身后那几十辆小车也做了最好的解说，胖男人挠着头讪讪地说他只是打个比方。

周云龙打了一个手势，随从拿出一包包礼品来，每个村民人手一份，胖男人的态度和缓起来，他说在事情没弄清楚前你们先安置在村外吧，就算你父亲是我们村里的人，按规矩也只能如此。你可以和我们一起去村后祖坟看看，选一块好地方。

　　真是乡风淳厚，周云龙心里感慨万千，他本来准备承受更猛烈的敲诈，但接下来的事情他便做得心甘情愿。从午餐开始，他便宴请了所有的村民，并一直延伸到三天的葬礼中。周云龙也第一次见到乡间的宗谱，像寺庙里黄卷经书，厚厚的几本，胖男人马本良一页页地仔细查找，但自始至终没有查到马天水的名字，马本良解释说查不到是正常的，你父亲有可能不是在村里出生而又因为某种原因没有及时来认祖归宗，我们再查一下偏谱吧，可能有所发现。马本良又端出一本宗谱，在这里周云龙看到一个熟悉的名字王莲香，他依稀记得这是祖母的名字，也就是说祖母曾经涉足过这个村庄，她和这个村庄有着脱不了的干系，那么父亲最后的灵觉是对的，他的名字印在端村的宗谱上，可实际上，他来源于这个日落村，那么他旗下的儿女们都和这个边塞小村有着千丝万缕的关系了。

　　父亲在端村生活了大半辈子，又在漂城安享晚年，他怎么会在弥留之际突然梦到日落村？周云龙无法解释这种说不清道不明的感觉。父亲的葬礼结束后，周云龙请马本良作向导，饶有兴趣地在周边走了走。周云龙在日落村的瘦河边看到一群状若水牛的高大动物，它们踏着夕阳西去且一路喷出悲鸣的声音。马本良说那是野骆驼，它们也在举行一场葬礼，马本良说野骆驼还有一个特性，它们一定要在它们的出生地完成生命的终结。

　　出生地？周云龙想，父亲硬要把自己丢在这种闭塞的地方有何意义。这个地方，自己来过一次都不会再来，更何况哥哥他们。临走时，周云龙塞给马本良一笔钱，叮嘱他每年清明时记得关照一下父亲的坟墓。马本良说乡里乡亲的这个自然，但还是接了钱，他跟着后面巴巴地说，你父亲真是有福之人，真风光啊，人若能这样活着不枉来一趟世间。周云龙没有说话，一路上老是有个古怪的问题纠缠着他，他在想，自己以后的归宿在哪里，是日落村还是端村，抑或是漂城？

# 东风破

父亲在那边清早穿着蓑衣出门，棕色的蓑衣将他包裹得严严实实，他一跳一跳地走出户外，如一只活蹦乱跳的大刺猬，令我记忆深刻。我看到他在东风疾雨中渐行渐远，想象着午餐的桌上将会出现一碟喷香的鱼，口水已经在口腔中漫延。整个上午我都站在门槛上翘首以待，但我的视线被绵延不绝的东风雨以及门前的一排木槿花所隔断，而且我的兴趣也很快投向于在雨中扑楞楞飞的两只小彩蝶。我扑进雨帘中，但此时天空突然响起一个炸雷，蓝色的闪电似乎要掠过我的脑海，我"哇"的一声哭了，这个炸雷惊吓了我一个春天。

后来我知道父亲那天其实是出远门了，他顺江而下，而且再也没有回来。从此以后饭桌上空空落落，我爱吃的鱼永远离我而去。母亲剪了她钟爱的头发，也剪掉了以前温婉的小脾气，变得像一个男人一样粗鲁。她和男人一样扛着锄头下地，打着赤脚下田，像呼喝牲口一样对我们非打即骂。我的脾气也迅速变得极坏，我在端村是一个坏孩子，而且心狠手辣。有一次和二胖他们玩对战，二胖输了，输得红光满面，可他嘴里不服输，骂骂咧咧，语言恶毒，提及我被炸雷惊病的那段时间，说雷怎么没有把我劈死，像劈死我爸一样。我当即从地上拾起一块断砖，拍在二胖胖乎乎的脸上，我看到他的脸像木槿花一样开得灿烂，我哈哈笑着走了。二胖可以骂我，不可以骂我爸爸！

二胖妈是个高大壮实的女人，她扯着哭巴巴的二胖，也扯着她公鸡般的嗓子冲进我家大门，我丝毫没有畏惧，这个女人假装法官一样公正地问原由，当听到二胖提及炸雷，女人没有吭声，扯着二胖灰溜溜地走了。

我开始极力回忆我那段真空般的日子，但想得头痛依然恢复不了丝毫记忆。我开始想念爸爸，想念他身上鱼腥的味道，想念他洪钟一般的笑声。但我短发母亲是不会提供一点有价值的线索，每当我提及此事，她就铁青着脸，或者扬手给我一个爆栗。非但如此，她还在家里装神弄鬼，把自己装扮成一个神婆，骗取红包和灯油钱。她没事就上阁楼静坐，她给阁楼上锁，划定为家里的禁区。她的所作所为令我痛恨，我只有一次次地站在门槛上守候父亲的身影。东风雨又开始飘洒，而我的目光已经可以越过门前的木槿花，可以看到远处的一排建筑，那是我每天背着书包要去的地方，我已经从去年秋天就开始上学。

上中学后我对母亲有一种敌视和隔膜，我不忍看她摇头闭目，一把眼泪一把鼻涕地把自己装扮成一个神婆，但偏偏端村的人很迷信她，给她红包，给她香油，把她当神一样供着。只有我清楚她的伎俩而不屑。我的同龄人当她是怪物，看我的目光也异样，让我莫名地光火，让我诅咒她，但我同时需要她的资助，我花她的钱，一点也不心疼。

高中时候我以堂而皇之的理由索性住进了学校，我以一个无神论的青春少年不去揣摩她的心态，只笑端村人的愚昧，从而加速地让我产生远离端村的想法，而读书是我脱离端村的唯一途径。

18 岁那年，我终于实现了自己的愿望，我考取了一座遥远的学校，收拾行李时，我听到厅堂里有人在大声喊着我的名字，那是父亲的声音！我风一样地来到厅堂，却看到我的母亲肖淑英大马金刀地坐着，从她嘴里吐出我父亲的声音，我甚至闻到了父亲身上熟悉的鱼腥味！父亲借用母亲的身体用他经年不变的声音嘱咐我如何在异地讨生活，令我热泪长流，也让围观的端村人唏嘘不已。晚上，我和母亲相对而坐，我们把十几年的隔膜，在这个夜晚作了一次分解，我听到她真切的哭声，还有我自己，我和她都痛快地哭了起来，也只有我和她知道，我们为什么哭。

隔日，母亲交给我一把钥匙，说我长大了，有资格进阁楼，我摇摇头。其实多年前我就已经进去过，我知道阁楼里空空如也，只不过墙壁上挂着一件裹衣，立着一块灵位牌而已。

我上路的时候，天气突然阴沉起来，我的身后突然响起一串炸雷，一阵忽如其来的东风雨，充塞了我的前程。

 失　踪

　　我第一次碰到安先生是在端村空旷的晒谷场上，八月的阳光洒在他雪白的长袖衫衣上，他一只手提软藤箱子，另一只手握着一根青竹，后来我知道那是竹笛。

　　安先生给我的第一印象像极了电影里的男主角，端村和他这般年纪的男人跟他相比简直是天壤之别。

　　安先生不是从电影里走下来的，但是他的到来依然给端村带来了不小的波动，他是从城里来的，并且做了我们的音乐老师。端村晒谷场有一大一小两间房，大的做了教室，小的做了安先生的卧房。

　　一开始，安先生是在端村吃轮流饭的，很受村人的抬举，但当知道了安先生的来龙去脉后，安先生便被端村人遗弃了。被遗弃的安先生自己做饭吃，晒谷场里小房子里经常传出安先生被烟呛得咳嗽声。我不知道大人为什么这么善变，心里很替安先生委屈。

　　据说安先生是犯了错误下来的，而且那错误……村人们窃窃私语，眼神里是不屑和鄙夷，而且都不约而同地在自家的孩子面前威慑兼恐吓：不许接近安先生！但是我们都喜欢安先生，喜欢他干净儒雅的外表，喜欢他一尘不染的白衣，喜欢他手中的长笛，安先生总是能用笛声讨得我们的欢心和尊敬。有一次，我将安先生遗落在讲台上的青笛拾了起来，大着胆子吹了他经常吹的《策马扬鞭送粮忙》，我看到回头来拿笛子的安先生，他眼里闪过一丝惊喜。

　　我开始一次次地往安先生的小房子里跑，因为他会单独教我吹笛。母亲一开始不知道这事，知道了大惊失色，她不许我接近安先生，我问理由，她又答不出，说安先生不是好人，总之不要接近就是。大人的理由这么牵强，况且我又很叛逆，当然不会把母亲的恐吓放在心上。

我喜欢安先生的笛声，还有他房间里的味道，那也许就是安先生的味道。安先生做的小菜也越来越好吃了。他的房子里还有连环书，也是让我欲罢不能的。

通常是，我吹一小会笛子，便沉浸在连环书的世界，安先生会很和善地拿掉我手中的连环书，然后把笛子交给我。

我越来越频繁地往安先生家里跑，母亲终于受不住了，她在一个黄昏走进安先生的房子，其时安先生正在手把手地教我握笛的方法。她哀求安先生，求他放过我。放过孩子吧，我家就这一个。母亲说。孩子是有天分的。安先生说，你不要听信外面的那些流言……

母亲不再说话，突然"卟"地跪在安先生面前，我简直愤怒了，我推了母亲一把，快速地跑出了门。

出事是在一个下雨的夜里，雨很大，这是我的借口，或许我早就想赖在安先生的床上，想感受他身上的味道。结果我如愿了，安先生身上的味道确实很好闻，还有他的怀抱，让我突然想起了父亲，我失踪多年的父亲。我鼻子一酸，有点想哭，但是这时门被突然踹开了，一群男人闯了进来，手电筒把我从床上揪起来，还有安先生。他被村里的男人用粗鲁的声音喝斥着，扬言要送去派出所。村长则把我留在小房子里，和颜悦色地问我们在床上做什么，他做了一个极其下流的动作，问我们是不是在搞这个，他还要检查我的身体。我闻到了他的口臭，我在他手腕上恶狠狠地咬了一口，推开他，跑出门外，外面雨下得很大，但是没有安先生。

安先生没有再回端村，他失踪了。小房子里那只藤箱孤零零地躺在角落里，还有那只青笛，我这才发现其实不是竹子制作的，我拿起桌上的青笛，还有安先生的藤箱，也在端村消失了。这一年我12岁，母亲为了避人耳目，把我秘密地送到青河镇。我在那一直读完高中，然后到了北方的一座城市完成了大学学业且在那里扎下了根基。

后来我问母亲，父亲是怎么出走的，母亲拿出一根青笛，竟然和安先生的一模一样，母亲说这是父亲的，父亲原来也会吹一手好笛，他去了大城市，再也没有归来。

母亲和我住在城里，但是下雨的晚上，母亲就表现得坐立不安，她嘴里喃喃有词，好像在忏悔。我会突然想起安先生，想起他我就会去一家医院里，那里有一个穿白衣的干净老人，医生说，往事已不在他的记忆里。这对他来说真是一件幸事，安先生看到我来，总是孩子般地笑着。

　　我手提一只软藤箱子，穿着雪白的长袖衬衫，手里捏着安先生的青笛，多年后再次回到端村。村里人都不认识我，孩子们好奇地在我身边绕来绕去。我想在端村晒谷场上留个影，可是空旷的晒谷场早已不复存在，当年的小房子不知在哪里，村里密密排排的，都是新建的楼房。

# 苦 蜜 茶

那时候，陈晨才 5 岁，身量不过齐着田野里的油菜花，他站在油菜花的始岸，从地埂的这头一直试图穿越金灿灿的油菜海，在穿越的途中，与一只蜜蜂不期而遇。

相遇的结果是，陈晨手臂上多了一个红状小包，一阵阵的麻辣刺痛催生出他的哭声，油菜海的那边，高高的地埂上立着一排长龙般的蜂箱，年轻的父母穿着洁白的衬衣，而姐姐则头戴黑色纱罩，像传说中的蒙面侠客，他们的面前是一片金色的花海，成群的蜜蜂在他们身边绕缭飞舞。

听到哭声，父亲大踏步走过来将陈晨抱起，用嘴里的唾沫去滋润他的伤口，一连声地安慰着他，不哭不哭，这小小的伤啊三五天就好了，可惜了我一只小蜜蜂啊。

那时，陈晨不知道，小蜜蜂在他身上留下了唯一的一根生命之刺，很快便会终结自己的生命。长大一些，陈晨懂得了这些知识，心里对小蜜蜂生出了无端的怜惜。他开始敢于穿梭在成群结队的蜂群中，而并不像姐姐那样保护性地戴上黑色纱罩。

父亲是养蜂能手，每年他都要在家乡的油菜花开败后，带着这些蜜蜂远行，辗转千山万水，一路行向北国辽阔的大草原，一直到大雁南飞，北国飘起细雪，父亲才会和他的小蜜蜂们风尘仆仆地从千里之外归来。

所以，母亲常年像一只母鸡似的，呵护着她的孩子们一路成长，家境贫寒，孩子多，童年的生活清淡寒苦，但家庭从来没有缺少过欢笑，还有甜蜜。

父亲虽然长年不在家，却把甜蜜留在家里，那就是他酿的蜂蜜。母亲会每天从蜜罐里掏出几勺子蜂蜜，兑上开水，化成一杯杯蜜茶分给兄弟姐妹们，每人一杯，母亲也会给自己留一小杯，浅浅尝试这种生活的甜度。

生活的清苦让这种透彻心肺的甜给冲淡了，何况还有期待，当候鸟向南方迁徙的时候，母亲便和孩子们一起，开始期盼父亲的归来，而远行的父亲，也总像归巢的鸟儿一样，从北国带回他的蜜蜂，也带来那些本地不常见的新鲜东西，让孩子们欢呼雀跃，大开眼界。

1982年的冬天似乎来得特别早，这一年，陈晨已长成一个长身玉立的少年，当家乡的树叶开始泛黄，父亲并没有如约归来，母亲开始心神不宁，每天都跑到村口那棵古樟树下等待，有一天，她接到邮递员的一份电报，眼前一黑，倒在了樟树下。

辗转归来的长途旅程中，父亲的运蜂专车和另一辆大卡车相撞，运蜂车摔下了深涧。

母亲在孩子们的千呼万唤中悠悠醒转，犹如死过了一回似的，母亲瞬间变得苍老和憔悴。望着憔悴的母亲，陈晨乖巧地给她泡了一杯蜜茶，母亲才喝了一口，便"卟"地吐了出来，"苦啊——"母亲拖长了声音。

陈晨尝了一口，不苦啊，依然是甜滋滋的，透心得甜。

经过一场大病般的煎药，母亲的味蕾改变了，所有的甜食在她的口中都成了苦药，而蜂蜜，自然也退出了他们的家庭生活。

没有冲淡清苦生活的蜂蜜，没有穿白衬衣候鸟般的父亲，而生活依然在继续。母亲一个人开始支撑着这个家庭，而孩子们也格外争气，姐姐在大城市立下了根基，陈晨则考取了一所农业大学，毕业后分配到一家食品研发机构，专门研发蜂产品的配方。命运真是这样鬼使神差，不知不觉地，他以另一种形式接了父亲的班。

只是他研发的蜂产品，从来没有带回家去，他不想让母亲看到有关蜂的一切物品，母亲长久地一个人生活，油菜花开的日子，她总是站在油菜花海里，在她的幻觉里，高高的田埂上总会有一个白衣如雪的男人，成群的蜜蜂在他身边飞舞。

在年复一年的花开花谢里，母亲终于到了垂暮之年。病榻上，茶饭不思，却闹着要喝蜜茶。

家里多年没备蜜茶了，这似乎是家里的一个痛，可是弥留之际的母亲有这样念头，又怎么能不满足她呢。

陈晨调了一杯蜜茶，做足了思想准备，怕母亲说苦一口吐了他的身上。但是母亲喝了一小口，然后仔细地在口腔里品味，说，真甜。

你父亲来了，穿着白衬衣，手里拿着蜂蜜呢。母亲苍黄的脸上居然荡起一丝红晕。

陈晨脸上泪水纵横。

母亲安详地去了，母亲的脸上，绽放着甜蜜的微笑。

# 手

秦小桑有一双好看的手，大家都惊叹这是一双漂亮的手，娘也夸过她。

娘总是在夏日星光下一手揽着秦小桑，一手摇着蒲扇，娘说，桑儿，我打一个谜语你猜，一树开五杈，杈杈开鲜花，你猜是个什么谜？秦小桑歪在娘的怀里说她猜不出，娘就笑着拉着秦小桑的手说，桑儿你真笨，就是手啊，就是桑儿这双又白又嫩的手啊，娘拉着秦小桑的手放在嘴边亲着，娘的声音里都是骄傲。

秦小桑还是不解，怎么一树开五杈？娘说就指你这五个手指，你要像淑苹一样长六指那就不好看了。秦小桑知道同龄淑苹是个六指姑娘，淑苹自己也知道，很多人都哄着要看她的六指，她不让人看，就一年四季戴着手套。那又为什么会开鲜花呢？秦小桑又问娘，娘说，你长大后就知道了。

长大后秦小桑还是不知道，可是她已经不能问娘这个问题，娘不在了，娘的坟前都长了青草。秦小桑不敢问家里这个叫温小娥的女人，温小娥很凶，她接替了娘的位置成了秦小桑的后妈。

温小娥也会叫秦小桑伸出手，她抓着秦小桑的手左看右看，说，我怎么看不出这手有多好看？然后抓过身后的木板子一板一板地打她的手心，打得秦小桑的手心全是血痕，打过了便把一大堆粗活交给秦小桑，要把她这双小手磨粗。

温小娥也有一只手常年戴着手套，村里人都知道她这只手是残的，但不知残成什么样，想看，温小娥从不让人看，逼急了，就说，我要不是手残了，能嫁过来做后妈吗？

温小娥一来就成了秦小桑姐弟俩的妈，但她不喜欢，她怕在这个家没有地位，嫁过来一气生下了两个胖小子，家里里里外外的活都让秦小桑扛着。秦小桑的手成天在水里浸，泥里泡，放下了扁担又抢起锄头，可是辛勤的劳作并没有磨粗她的双手，随着年龄的增长，她的手出落得越来越好看了。

秦小桑的手像地里刚冒出来的嫩笋，长长的，尖尖的，这双手亮在人们的眼前真是要多好看有多好看。秦小桑长得不是十分美，但是这双手为她增了不少分，许多后生都想把这样一个十指尖尖的姑娘娶回家，可是秦小桑不完成自己的心愿不会走进别人的家门里去。

秦小桑的心愿就是要帮助弟弟秦小勇完成学业。秦小勇很会读书，但温小娥不让他读下去，因为她要供她的俩个亲生儿子。秦小勇很生气又不敢发作，秦小桑说弟弟你不要生气，我去挣钱供你读书，你要好好读，一直读到大学里去，姐姐供你到大学毕业。

秦小桑要外出打工，只有打工才能挣到钱让弟弟继续上学。临走的前夜，秦小勇说，姐，我想看看你的手。

秦小桑就把手伸出来，秦小勇抓着秦小桑的手，反复地看了又看，说，怪不得别人都想看姐的手，原来真好看。

秦小桑就把她那双好看的手抚住秦小勇的脸，说，姐走了，你要听话，不要惹爸生气，还有娘，你也不要气她。秦小桑也管温小娥叫娘。

秦小桑就外出打工了，这一年，秦小勇果然没有让秦小桑失望，考上了大学，秦小勇给姐打电话，说他考上了。电话里秦小桑非常高兴，说她马上寄学费来，秦小勇问姐在外面干什么，累不累，秦小桑说不累，都是手工操作，姐长着一双巧手，要比别人多挣好多钱呢。

秦小桑在外面上学3年，3年里，秦小桑都没有回家。

秦小桑回家来的时候变了，变得像一个都市女孩一样时尚，她衣着华丽，拎着大包小包，而且手上还戴着精致华美的手套。

"洋里洋盘的，还戴什么手套，猪的鼻子里插根葱，也不是大象。"温小娥一边撇着嘴，一边把大包小包的食物往衣柜里塞。

秦小桑没有说话，只是呆呆地看着温小娥那只戴着手套的手。

村里变了，姑娘们大都出嫁了，只有六指淑苹被人遗忘了。淑苹在村口遇到秦小桑。

淑苹说，小桑，我想看看你的手，都说你的手很漂亮，可是我从来没有看过。

秦小桑没有说话，淑苹在她的眼里看到了自己曾经的忧伤，淑苹看到秦小桑慢慢褪下手套，像破茧的蛹一点点地褪去蝉衣。

耀眼的星月下，淑苹看清了秦小桑的手，这双手依然光洁细腻，美丽无比，只是少了一根手指，那短了的一截，像一个黑色的缺口，像天边那一弯残月。

# 草秸垛

李晓禾在梦里似乎听到一阵骂声，他起身打开窗户时，骂声依然响在现实里。母亲又在用她那刀子般的利嘴在骂街。不用说，受骂的那个人是李晓禾的大伯，像学生聆听老师教诲一样，不还嘴，也根本没有还嘴的机会。王月英的声音像一支快过一支的箭，源源不断地射向同一个目标。而中箭的那个人还在耐心地洗耳恭听。

李晓禾套着一条宽松的短裤就出来了，把母亲拉进屋，他心里挺同情大伯的。也认为母亲很泼，父亲出事多年了，可这事不能永远让大伯背着包袱吧，何况他根本就很无辜。李晓禾的父亲在一次意外的泥流石事件中丧生，虽然当时大伯也在现场，在那样的情况下人的本能是逃命，而大伯还极力去营救，他也是被人家险险救出。母亲骂大伯把地里的稻草桩留长了，堆草秸垛有些不够使。李晓禾觉得母亲太过无理，大伯来割稻子本来就是帮工，连水也没喝一口，就回自己的家了。他经常帮王月英干一些她很有难度的农活，可从没得过王月英的好脸色。

草秸垛也是大伯一手堆起来的，李晓禾也去做了帮手，足足堆了三个，品字形，之间有一块平坦的空间，像一间温暖的小房间。秋天来临，丰收过后的田野里会突然多些许多草秸垛，像秋天长出的蘑菇。

李晓禾是一个高中生，已经懂得自尊，他推推搡搡将母亲推进屋，王月英嘴里依然在零散地敲打着，却将两个荷包蛋放在李晓禾面前。

妈，我都说过多少次了，我不喜欢。李晓禾面有难色。母亲每天都坚持煮两个荷包蛋给李晓禾吃，李晓禾确实吃厌了，但其实心里的压力更大。还有一个学期就要高考了，李晓禾知道自己的成绩离高考有一段距离，而母亲坚持认为她的荷包蛋能使李晓禾增加智力，而让他光宗耀祖。

吃过荷包蛋的李晓禾怀着一腔烦闷的心情走出家门，他看到秋天的原野一望无际，宽阔的青河横在面前。李晓禾看见水生在岸边泊船，问他去哪里，水生说进城，还问李晓禾去不去城里耍。李晓禾正好无所事事，就跳上水生的船，今天是休息日，如果在家，母亲又要念叨他看书。

李晓禾身上有钱，那是刚问母亲要的买复习资料的钱，他用这钱先是美美地吃了一碗肉汤泡粉，然后又去看了一场录像。本来他是想去买一本书的，可是经过录像厅时，录像老板那暧昧地眼神让他鬼使神差地进去了，李晓禾指望能看到他渴望的东西，结果，他没有失望。

从录像厅出来，李晓禾被一种青春的狂野充塞着，他苦闷又自责，破天荒地买了一盒香烟。其实李晓禾是不抽烟的，可是不知为什么就有了买烟的冲动。卖烟的老板给了他烟，又问他要火机不，李晓禾就又买了一个一次性火机，那上面贴着美女图，穿着薄如蝉翼的衣服。

李晓禾在县城逛了一圈，觉得也很无趣，母校就在镇的西头，可是李晓禾没有进去的意思，本来天天就在学校里呆着，他决定回去。

李晓禾又搭船回去，太阳还没西沉，可是他还不想回家，他看着自家田里的那三个草秸垛，感觉亲切。李晓禾漫步过去，靠在草秸垛上掏出刚买的香烟，点上一支。烟的味道很怪，有些呛，李晓禾轻咳了一阵，然后不停地打着火，火机燃了又灭，灭了又燃。李晓禾看着火焰，有瞬间的冲动，他将这冲动化作了行动，点着了草秸垛。先是一点点火舌，竟然慢慢地燃起来了，李晓禾站在高坡上，看着草秸垛在风的吹送下噼噼啪啪地燃着，心里突然很轻松。

李晓禾悄无声息地回到家，他想告诉母亲草秸垛烧着了，母亲肯定又会嫁祸于大伯，李晓禾突然觉得大伯也很窝囊，凭什么要受这样一个女人的指责。

但是李晓禾没有找到母亲，而村里已经沸腾了，火光在夜色中冲天而起，有人喊着叫着去救火，可是根本无济于事，李晓禾心里有一种说不出的快意，只是母亲的一夜未归让他心里有些忐忑不安。

清晨，一群村人吵醒了睡得正香的李晓禾，他们将他拉到他家的草秸垛前。草秸垛已经烧成一片灰烬，李晓禾看到有两具烧焦的尸体在三座草秸垛之间，一个是他的母亲，另一具是经常挨骂的大伯。这两个冤家为什么会同时出现在这里？而且……李晓禾感觉脑子轰地一下，他看着村里人的眼神，突然明白了什么，很愤怒又很屈辱。

李晓禾成了孤儿，成了孤儿的李晓禾更加沉默了，只是成绩突飞猛进。第二年，李晓禾考取了一所重点大学，那所大学在遥远的北国，李晓禾选择那里的原因只是因为那里的郊区不种水稻，也没有家乡常见的草秸垛。

# 1938 年的情事

端水河边，秋风习习。

"你会等我吗?"男孩问女孩。

女孩点头。

"三年?"

女孩又点头。

"三年我若未回来，你就嫁他人吧。"男孩说。

"你不回来，我等，或者，跳入端水河。"女孩说。

男孩只对她笑了笑，甚至没敢握住她的手，就像风一样消失在她的视线里。而她，只记住了他那秋阳般灿烂的笑容，寂寞的时候，在心里翻阅，品味着那无声的承诺。

女孩叫小芹，这个很江南的名字，也只有在他心灵濒临干涸的时候像流水一样悄悄润湿他的心田。

而男孩，命中注定要当我的爷爷。

多年后，当我能清晰地勾描那幅晚秋别景图时，却怎么也无法将那样浪漫的画面和这张布满风霜的老脸融合在一起，而爷爷，总是用他那只结实粗糙的大手抚摸着我的小脑袋，在星光满天的夏夜、在飞雪飘扬的寒冬一遍遍地诉说，苍凉的声音和我鲜亮的童年相互交织渗透，我却昂着茫然的小脑袋望着他。

突然有一天，我强烈地渴望再听听那故事，讲故事的人已经不在，我只能凭借支离破碎的回忆，努力地拼凑出一幅完整的章节。

三年后，爷爷没有回来。

两年后，24 岁的爷爷终于回乡，虽然没有衣锦荣归，但爷爷的脸上却写满了骄傲，因为他的身后多了一个女子。

她就是我奶奶。

奶奶是东家的女儿，自爷爷第一次进她家干活时就看上了他，三五年的时光厮磨中，奶奶的执着终于有了结果，所以，当她心爱的男孩辞工返乡时，她毫不犹豫地抛弃了她的小姐身份，死心塌地地跟了来。

返乡的爷爷给平静的村庄带来了波澜，在沸沸扬扬的议论中，爷爷惊闻小芹还没有出阁。

那年月，一个二十出头的女子还没出阁，意味着很难嫁出去，是家门不幸，而小芹不出嫁的原因也只有一个，这原因只有爷爷知道。

此时的爷爷和奶奶虽然没成大礼，却已经有了夫妻之实，他又能如何呢？

隔着一道低矮的院门，爷爷见到了小芹，爷爷什么也没有说，小芹也没说，俩人用目光对话，小芹一直保持着无声地笑容，那笑容像刀子一样深深地扎进了爷爷的心里。

婚礼这天，小芹突然出现，披发解衣，在婚礼上放声大哭，她用哭声来控诉一个背弃她的负心汉子。同族的几个男人气势汹汹地将她拉了出去，唢呐依旧欢天喜地地吹奏，奶奶不解地问爷爷："她是谁？""一个疯子。"爷爷漠然地说，背转身，两行泪已挂在脸上。他心里就此落下了一块沉重的铅。

小芹没有跳河，一顶小轿悄悄将她抬出了村庄。

爷爷变卖了奶奶带来的细软，在端水河岸开了一间油榨房，榨油是辛苦的，除了要有必要的技术，还要走村串巷收集原料。秋后，爷爷开始和族人一起收集菜油籽，早出晚归，有时回不来了，就宿在友人家里，爷爷交游广阔。

后来，爷爷和一个残腿汉子相熟，因为他送来的油籽总是最多，一天天色已晚，应残腿汉子热情相邀，爷爷宿在他家。

席间，残腿汉子和爷爷谈笑风生，而后堂的一个女人的背影始终在忙碌着，想起那什么也做不好的奶奶，爷爷心生感慨："兄弟，你好福气呀！"

"福气什么呀，一个没人要的贱货，我也只能娶得这种女人了。"残腿汉子叹息着。

饭后，汉子吩咐女人给爷爷打来洗脚水，在低头与抬头的目光交接的瞬间，俩人都呆了，一盆滚热的水跌落在地，然后鲜花般地四溢开来。

此后，爷爷再也没有去过那个村庄。

那年冬天似乎比任何一个冬天都冷，爷爷喝完暖酒回来，在村里意外地看到了残腿汉子，他身后八个壮实的汉子抬着一具棺木。村里的几个年轻男人齐声发喊，欲将残腿汉子和那具棺木轰出村外。嫁出去的女儿泼出去的水，女人是没有资格安葬故乡的。

"不是我不懂规矩，这是她一生对我唯一的请求，我不能不从啊！"残腿汉子流着泪，望着爷爷苦苦央求。

"罢了，人死为大，入土为安。"爷爷在族人中说话有绝对的权威，他一声铿锵的话语过后，小芹的幽魂破例葬在了故乡。

清明，我回到了阔别多年的故乡，爷爷的墓地已长满了青草，而不远处有座遥遥相对的孤坟，那是小芹。我在两座坟前默立良久，分别摆上鲜花，然后无言离去。

两座孤孤的坟，依然隔得很远。

# 红　颜

　　水袖轻扬，若两条飞天彩练，莲步轻移，似在云中漫步，顾盼之间，粉脸含春百媚生，待到清脆如黄鹂般的嗓音响起，台下喝彩声便如决堤的洪水一样，滔滔不绝。

　　青河镇的人都会唱几句采茶调，"三角"戏班也多。但唯有金海棠的戏能让人如醉如痴，让人从十里百里痴痴地赶了来，风雨不误。

　　金海棠不但唱腔独特，而且扮相妩媚，土生土长的"三角"班因为金海棠居然也进京献演。折得一枝梅花的金海棠并没有因此自抬身价，还是像以前一样，一边务农，一边坚持在乡间演出，走镇串村，用声音温暖乡村的夜晚。

　　晚风习习，月挂西天，金海棠依旧穿着戏服，看着曲终人散的空地，金海棠喜欢在人潮散去的舞台上依然不肯卸妆。人潮散尽的场地上立着一个小小的身影，在汽灯下泛着一张月色的脸。他亮晶晶的眼里是崇敬和渴望，男孩明眸皓齿，清灵俊秀，但左脸却有一块膏药般的黑色印记！男孩下意识地捂着左脸，秋夜的风吹动着他单薄的衣衫。

　　最近，无论金海棠在哪里搭台，都能看到这个男孩，总是在人潮褪尽的时候像一枚遗落在沙滩上的贝壳，不同的是，今天他的手里扣着一个行李箱。

　　姐，你唱得真好。每次，男孩都这样说，而今夜，男孩还加了一句：姐，收下我吧！

　　金海棠伸出手，轻轻地抚了抚男孩的头：学戏，很苦的。

　　姐，我不怕吃苦。男孩仰起头，望着金海棠那张粉嫩的妆脸，然后又低下头：我已经没有选择了。

　　金海棠听着男孩那清脆如女孩一般的嗓音，心里一痛，他轻轻地抚着男孩的双肩：你家在哪里，我送你回家吧，我有车。

男孩摇摇头，他的眼里是痛楚，是无奈，是一种绝望的坚决。

金海棠把这个叫做东方亮的 15 岁男孩带到后台，又领着他上了自己的车，东方亮在车上还不无担心地问金海棠：姐，不要送我回家好吗？我能吃苦，我想学戏。

我都不知道你的家在哪里，怎么送你回家。金海棠笑着说，其实从第一眼看到东方亮，看到他的眼神，金海棠的心就动了一下，那是一种同命相怜的感觉，欢欣中带着痛苦的感觉，唯有他自己才能明白的感觉。

东方亮从一个香甜的梦中醒来，看到一个剃着短发，长相丑陋的男人静静地注视着自己。吓得跳起来问：你是谁？姐呢？以后你要改称呼，这里没有你姐，只有你师傅。东方亮听着他熟悉的舞台上千娇百媚的声音从这个面目狰狞的男人嘴里吐出来，终于相信了流传在青河的传说：金海棠是个男人！而且是个奇丑无比的男人！

后悔吗。金海棠一身青布衣服：我还可以送你回家。

师傅！东方亮跪倒在金海棠面前：我愿意全心全意跟你学艺，戏台就是我的家。

金海棠轻轻一叹，眼里已经潮湿。

劈叉、下腰、吊嗓子、拿大顶、小串翻……5 年里，东方亮跟随着金海棠东奔西跑，他的功夫已经突飞猛进，他的唱腔深得金海棠真传，宛转柔美，可是他却被金海棠雪藏在后台，连一个跑龙套的角色都没有，甚至连戏班的人都不知道他收了东方亮这样一个徒弟。以为他只是戏班里的一个杂工。

5 年的时光将东方亮塑造成一个长身玉立的青年，他很沉默，只是用一天比一天渴望的眼神看着严肃的师傅。金海棠明白他的渴望，轻轻地拿起戏衣披在他身上，然后在东方亮脸上细细地勾描，完后默默地递过去一面明镜。东方亮从镜中看到一个肤若凝脂的女娇娥，丑陋的黑色印记隐没在红妆里，他知道从此红妆将和他相依相伴。

在一个明朗的秋夜，金海棠又一次出演他的经典名作《孟姜女》，锣鼓声里，金海棠一身素服，妩媚登场，他给台下道了一个万福：今天我要隆重介绍我的爱徒，他的艺名叫东方靓，他一定会给大家带来惊喜。

东方亮随着金海棠的介绍款款出场，他也是一身素白装扮，美目流转之间，台下顿时惊艳一片，待到他登场献唱，台下喝彩声排山倒海，演出获得空前成功。

有好事者将东方靓的剧照上传到网络，青河的"三角"班立即闻名全国，东方靓被网民狂热地捧为"东方靓妹"。并有一批铁杆"粉丝"从全国各地纷纷赶赴青河，想一睹他的真实芳容，关于他的性别争论也在网上风生水起。但东方靓只在舞台上献媚，他和金海棠一样，演出后就悄然离去，不理会任何俗事。

　　从进入戏班的那一天，东方靓就知道他的命运一定会和金海棠一样，只有舞台上的缠绵情感。现在，他成功地取代了金海棠，活跃在青河的各个村落，醉心于舞台，醉心于舞台中个性不同的红妆。金海棠终日隐藏在后台，状若以前的东方亮，过着蝙蝠般的生活。

　　东方亮也喜欢在曲终人散万籁人静时不肯卸妆，空旷的舞台上，清冷的月光下，挽着金海棠从后台缓步而出。俩人执手相牵，一样的红妆艳服，两个绝色红颜在无人欣赏的舞台上翩翩而舞，像两只寂寞的蝴蝶，在黑夜中孤独地飞翔。

# 真把式　假把式

　　青河人逛集市有不可忘却的三件事，吃赵麻子的豆粉糍粑，听许瞎子的三角班，看王德彪耍把戏。

　　赵麻子的豆粉糍粑酥香松软，是青河人喜爱的小吃。手上拎着塑料小碗装着金黄色的糍粑，一边吃、一边听许瞎子唱三角班。许瞎子不是真瞎子，眯缝眼，但是上妆后就成了丹凤眼，粉脸含俏，再加上比女人还婉转动听的嗓音，不知迷倒了多少知道底细的男人，总没有人愿意相信眼前这个风情万种的小娘子会是那个矮小瘦弱的许瞎子。

　　听许瞎子唱戏是享受，看王德彪耍把戏则惊险。王德彪的场子总是镇西固定在最宽敞的晒场，人群里三层外三层地围着，锁喉枪和大断石都是王德彪的拿手好戏，但等到王月娥出场时，人群就开始疏散了。

　　王月娥不舞枪也不弄棒，她娇娇弱弱的就像风摆的杨柳，手里端着一个盘子，那喜欢看免费演出的就开始躲避了。王月娥望着盘子里稀稀拉拉的几个硬币，委委屈屈地走向父亲，王德彪叹息一声，说，我要来绝活！

　　王德彪的命就送在他的绝活上，那天，也不知是哪里来的一个愣小子，看到王德彪被放在钉床上，胸口压着一块巨大的青石，自作主张来抢大锤。这是王德彪的绝活，轻易不表演的，但那天生意惨淡，王德彪不得不出此下策。偏偏那块青石不是寻常物，愣小子用尽平生力气敲了很多下才将它敲碎，青石断了的时候，王德彪没有像从前一样精神焕发地跳下钉床。王月娥大惊失色，扑到爸爸面前，王德彪胸部急速地起伏着，从嘴里吐出一团鲜血，人也似乎奄奄一息。

　　集市上出了这么大的乱子，愣小子被好事者要扭送去派出所，王月娥说放了他吧，不关他的事，我爸爸他今天忘记吃药了，还有这青石也没有经过处理。王月娥将王德彪的秘密全部揭穿，原来看似有神功护体的王德彪竟然是在耍假把戏！青河人感觉受了愚弄，他们认为王德彪有些自作自受。

此后，王德彪再也没有出现在集镇上，而且不久就离世了。王德彪的离世苦了王月娥，本来父女俩相依为命，父亲的逝去王月娥顿时失去了生活的主心骨，也失去了生活来源，孤苦无助的王月娥，万般无奈做了关大头的妻。

关大头就是那个愣头青，他带着一点歉意和同情不情不愿地将王月娥娶进门。王月娥进门后他把家里的重活全部交给瘦小的王月娥，继续他的懒惰人生。关大头懒惰，又爱喝点小酒。王月娥不但要忙家里家外，还得承受关大头的打骂。关大头酒性不好，酒后疯疯癫癫打老婆，常常将王月娥身上打着青一声紫一块，还调侃王月娥：你不是有一个会"武功"的爹吗？你那武功超群的老子就没有传你一招半式功夫自保？

瘦弱的王月娥不顶撞，只是把家里打理得井井有条，又在田里地里死做。那么多的责任田，关大头只是做甩手掌柜，一天到晚喝喝小酒，哼着许瞎子的采茶调，他根本没有想过一个女人把田里的稻子收割进来的那份艰辛，还时不时地给王月娥一些皮肉罪。关大头对王月娥的怨恨是因为王月娥没给他生个儿子，王月娥生了两个丫头片子就再也不肯生了，王月娥自作主张做了节育手术，让关大头火冒三丈。

夏天的天就像关大头的脸一样变化快，刚才还是晴空万里顷刻间便是乌云密布。关大头喝了点酒回来，嘴里又不干不净起来，骂着骂着就想动手。王月娥看了看天色说，又要打我？我先欠着，等我收了谷子再说吧。

王月娥风风火火地跑进晒谷场，将谷子拢进了箩筐，挽起箩绳，拎着两只箩筐轻飘飘地走了进来。关大头看得目瞪口呆，一箩筐谷子少说也有百来斤，王月娥像拎菜篮似的轻松。王月娥将箩筐落地，拢了拢头发，对关大头说，打吧，爱打哪里打哪里。

关大头哪里还敢下手，讷讷地说，你，你有功夫？

也就三脚猫的功夫。王月娥说，在爹那里偷学的。你心里有苦，只要不在外面犯事，在我身上发泄没事，反正，权当给我搔痒。

你怎么从来不还手？关大头心虚地说。

我当然只能忍，我怕我一拳把自己打成一个寡妇。爹没了，你就是我最亲的人，我要珍惜。

那你爹？

我爹常年卖艺积下内伤，那天不舒服，你又没有技巧。但我如果不说谎，你怕脱不了干系，要坐牢。

　　你爹一世英名，竟毁在我手上！而你这么好的女人，我竟然不懂得珍惜，往后，我一定重新做人，好好待你！关大头幡然醒悟，对着妻真心实意地说。

# 你的爱像观音手

上山的路，越往上走，小腿肚子越觉酸疼，手被妈妈紧紧攥着，从妈妈掌心里传递出来的温暖，渐渐地也抵挡不住脚步的迟滞。

妈妈，我好累，走不动了。10岁的石小康嘟着嘴，再也不肯往前走半步了。

爸爸适时地弯下腰来，石小康心里暗喜，识趣地双手勾住爸爸的脖子，伏在爸爸的后背上，毫不费力地来到了毗卢洞。

悬贴在洞壁上的石刻，千奇百态，石小康想不通，它们为什么会聚集在那么高远的崖壁上，是谁把他们刻上去的？那个头戴贴金花冠的神仙姐姐好漂亮啊。

洞内有一些来看风景的人在四处游荡，但父母好像不是来看风景的，他们的目标明确。母亲的提篮里装着香火，她不顾游客们诧异的目光，笔直地跪在水月观音的石像下面，双手合十，嘴中念念有词。

妈妈，这个石像姐姐好漂亮。石小康脱口而出。

信口开河，掌嘴！母亲又连忙双手合什，嘴上说道：童言无忌，小孩子无心之言，大师不要责怪。回头又对石小康说，快跪下，紫竹观音心地善良，有求必应，你的病，很快就会好的。

我才不跪呢，迷信。石小康小手一甩，走出了洞外。

石小康自小体弱多病，每每高烧都是几日不退，状势吓人，后来，小镇上一奇异老人开出一剂良方，中药服下，病情立时好转，但其中有几味草药珍贵稀少，而且只长在塔子山上的危崖畔。

母亲一有空就会走进塔子山去采那几种珍贵的药材，以作备用。石小康12岁那年，病情又犯，母亲冒雨进了塔子山，却再也没有回来，后来在山洞里找到身体已僵硬的母亲，她手上还紧紧地攥住一把草药。

母亲飘然而去，石小康死里逃生，一年后，一位中年女人走进石小康的家，脸上带着谦恭的笑容，低眉顺眼。爸爸要石小康喊她妈妈，石小康头一扭，拔腿就跑出家门。

石小康无声的反抗并没有奏效，女人还是来到这个家，并且给他带来了一个弟弟。因为她的到来，沉默的父亲开始迸发出一种生活的激情，他又变得勤快了，而这个女人看起来做什么事都是一碗水端平，但石小康还是无故地欺负她带来的小子，常常将他揍得鼻青脸肿。父亲打他，女人却护着，毫不讲理的护着。

一年后，石小康再度犯病，几天高烧不退，女人也冒雨走进了塔子山，很久没有回来。父亲焦急自责，担心悲剧重演，但女人却回来了，提篮里装着草药，女人说，她去了一趟观音堂，在紫竹观音面前许了愿，只要小康没事，她愿意折损十年阳寿。

或许是一种天然的隔膜，石小康对此并没有过多的感激，青春期间石小康身体突然好转，他感觉身体像春天的竹子一样节节拔高，那种恶疾终于离他远去。这一年，他考上了安岳县城的重点高中。

父亲出外打工谋生，继母进山的日子也多了起来，从山里获取的收益，换来生活的必需品和他的学费，她的脸上风霜的颜色渐重，可是石小康依然没有很正面地叫过她一声妈。他心里充满矛盾和痛楚，他决定远走他乡，高考时，他特意填报了北方的一座大学。

大学里交往了一个北方女孩，女孩听说他来自安岳县城，说什么也要跟着他来看安岳石刻，石小康知道，这是即将毕业时女孩选择的一种态度。牵着她的手，他常常会想起母亲，一样的让他感觉温暖和感动，还有爱。

得知他们要回来，继母精心准备了不少食物，特意跑到县城来接他们，石小康对她的态度依旧是不冷不热，女孩早就得知他们之间的关系，她亲热地挽着她的手，大方地，毫不忌讳地叫了她一声妈，叫得她热泪长流。

石小康心里一怔，他知道，她这是替他叫的，其实，这些年她在家里操持的辛苦，以及她对这个家庭默默无闻的贡献，他早在心里默认她了，只是没有办法开口。

观音堂内，站在高大的紫竹观音面前，虽然岁月如流，可是紫竹观音却依旧保持着千百年来的风度和华丽。她端端正正地跪在紫竹观音面前祈祷，石小康恍然看到紫竹观音的俩边立着两个熟悉的影子，一个是他的母亲，一个是现在的继母，石小康心里一热，亦双手合十端端正正地在紫竹观音面前跪了下去。

回来的路上，石小康一手牵着继母，一手牵着女友，感受着两只手传递过来的温暖，心里涌起一阵爱意。

# 马雅的咒语

文昌里的居民都知道马雅有一张厉嘴，她出色的诅咒功能让文昌里的居民闻之胆丧。

马雅初嫁到文昌里，没有人会想到这个娇小的女人的身体里竟然蕴藏着如此巨大的能量。她第一次发挥她的骂功是在蜜月后，那讨她已经放下新娘子的架子，和文昌里的女人一样下河洗衣拿男女之间的那些事磨牙。拉煤球的老王站在河岸高声喊她，问她她家里的煤球放哪（马雅一过门就成了家里党政军一把手）。马雅提着衣服回家，就势指着门前过道的一块空地，让老王卸煤球。家里位置紧巴，马雅早就相中了这块风水宝地。男人说还是搬家里吧，马雅说家里连放屁的空间也没有，往哪摆？男人还是坚持往家里搬，说这块地不是自家的。马雅的对家住着大老李一家，大老李仗着有两个游手好闲的儿子，在文昌里是一霸，这块地虽然刚刚空出来了，但长期归大老李一家使用。马雅没有理会男人，坚持让老王把煤球御在过道里。傍晚，过道里响起了大老李粗鲁的骂声，接着一块块煤球飞出过道，在柏油马路上粉身碎骨。男人不吱声，还拉住马雅不让她出门。马雅急了，在男人手臂上咬了一口，趁机窜出门去和大老李理论。大老李不理她，继续扔他的煤球，马雅上去纠缠，大老李竟然煽她一个耳光，而马雅的男人以及公婆都躲在家里不敢出门。马雅车转身回屋，拖出一块砧板和菜刀，单腿跪在大老李门前，刀在砧板上剁得当当作响。马雅一边剁，一边发出尖锐的声音咒骂。马雅的声音清脆高亢，恶毒的咒语在一种唱腔中华丽地流泻出来，像一根根针似的，扎得大老李一家人心神不安。这是流行于乡间泼辣妇人的"砧板咒"，没想到马雅会应用自如。文昌里的居民里三圈外三圈地围着看热闹，大老李一家则闭门不出，最终，是大老李的老婆苦口婆心地劝马雅收手，马雅这才鸣"砧"收兵，而且永远掌握着过道的使用权。

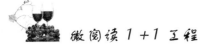
文昌里的居民对马雅刮目相看是马雅第二次使用"砧板咒"，她家男人下岗了，单位里实行末位淘汰制，老实巴交的男人当然被扫地出门。男人在家闷着，也不敢去讨个说法。马雅去找厂长，厂长也住在文昌里。厂长用一些似是而非的大道理应付马雅，马雅只要实质，要她男人回厂上班，厂长不同意，马雅回家拎着砧板来了，这一次她不光是咒骂，也把厂长许多见不得光的事情抖露出来，诸如贪公款玩女人，当然都是捕风捉影的事情，但这些捕风捉影的事情从这样一个女人嘴里吐出来让路人皆知，也不是光彩的事。厂长慌神了，觉得这个女人很难缠，亲口许诺让马雅的男人重新上岗，马雅才罢手。

经过这两次"砧板咒"，文昌里的居民不敢轻视马雅一家，马雅因为善咒而走红文昌里乃至更远的地方，马雅的咒语给她带来了财富。一天，一个很有派头的男人慕名来到马雅的家，恳请她去他们公司上班，工作的主要内容是追债。男人说这些债都快成死债了，不管你用什么办法追回来都给百分之十的提成。马雅动心了，她去公司上了一年班足迹遍布大江南北，没有提着她的砧板，同样追回来一些尘封的债务。马雅将一把把钞票扔给男人，嘶哑着声音说，再也不去追债了，这不是人做的工作。

不久马雅就住院了，先是声带出现问题，然后检查出是咽喉癌，马雅沙哑着声音对男人说，我大约是这辈子骂多了人吧，得的现世报。男人说，你骂了一辈子人，可是你从来没有骂过爹妈，没骂过我，没骂过孩子，你骂的都是该骂的人。文昌里的人个个当你是恶妇，谁也不知道你是天底下最善良的人，做手术吧，我说什么也要把你的病治好。

马雅默然地望着男人，这些钱她是有打算的，给儿子当大学费用，给家里买一套房，早早搬离文昌里，她不想把钱花在自己身上，不想成也萧何败也萧何。

第二天，马雅从医院消失了，也从文昌里消失了，一直到他们全家搬出文昌里，马雅始终没有出现。搬家的时候，男人突然搬出马雅用过的砧板，单腿跪地，学着马雅的腔调剁起了砧板咒，男人一悲三叹，骂的全是马雅，文昌里的女人从这种刻骨的骂里听出异样的滋味来，个个眼里蓄满了泪水。

# 小渔的情人节

阳光从密密实实的高楼丛林中仁慈地匀出一点光亮来，洒在阴冷潮湿的小院中。小渔飞快地将屋里的衣服全部晾出来，当初她租这间廉价的出租屋时就是看中了这块尺许见方的小院，总算有个透气的地方。特别是夏天还能享受到月光晚餐呢，小渔在心里想象着和楚阳在月光下进餐的浪漫场景，巴不得难熬的冬天赶紧退场。南方的冬天阴冷潮湿，这样的天气会让楚阳的脾气变坏，小渔想。

此刻小渔坐在出租屋前狭小的院子中享受着难得一见的阳光，心情格外得好。她变戏法般地从怀中掏出一张艳红的纸来，又找出一把小剪刀，三两下她的剪刀下就出现了几朵以假乱真的纸玫瑰。小渔望着这三枝绽放在她手中的纸玫瑰，脸上露出甜蜜的笑容，一枝玫瑰要卖五元钱呢。

小渔抬头看了看天，还早着呢，楚阳这时候是不会回来的，他一般在天黑透了以后才会背着吉他、拖着疲惫的脚步归来。那时已经是万家灯火了，小渔也已经做好了晚餐，等他一起享用。

楚阳放下吉他的同时也会放下拐杖，将整个重心靠在床边，一天就这样过去了。吉他显眼地挂在墙上，拐杖也显眼地靠在墙边。每当看到楚阳的拐杖，小渔心里就有一种痛彻心扉的感觉。当年如果不是他及时地奋力一推，挂拐的就是自己了，而音乐系的一个高材生就此断送了前程。

因此楚阳漂到上海时，小渔也不弃不舍地跟了来。楚阳对她很冷漠，为了报恩么？这是很幼稚的，救你不过是情急之下的本能行为。每次楚阳都这样对小渔说。

小渔却有自己的打算，如果楚阳不是断了腿，她这个灰姑娘怎么可能死皮赖脸却又这样名正言顺地跟着他。他们像浮萍般的漂移，将终点站停靠在上海。上海的房租奇贵，他们只能选择在郊外。出租屋里实在简陋，最显眼

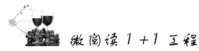

的就是有两张铺，出租屋不断地改变，两张床的格局始终稳定，难道楚阳真的只是当自己是他的妹妹了吗，小渔不相信，每年的情人节她都要亲手制作三枝纸玫瑰送给楚阳，她期待她能得到同样的回报，但每次都失望了。

搞这些小花哨干什么。楚阳每次都是这样说着，轻蔑地将它们丢进了废纸篓。

他们仅有的交流一般只是晚餐的桌上。楚阳会不停地说一些好消息，诸如今天碰到几个经纪人了，他们都是大唱片公司的星探，或者是一些酒吧老板听过我的歌，很喜欢，我也许很快就会去酒吧驻唱。然后又夸小渔做的饭菜，他的表情很愉快，所以小渔没有理由不高兴，尽管她知道这一切也许都是他编出来的。

小渔看了看天色，天还早，她决定出一趟门。

二月的冷风仍然不肯退出这座繁华的都市。因为今天是个特别的日子，所以街道上的一切都显得非常温馨。小女孩在街边叫卖着玫瑰花，面对每一个走过的男青年露出她纯洁的笑容。一对对相拥的情侣走过，他们的脸上绽放着比玫瑰花还要鲜亮的笑容。小渔欣喜地看着这一切，小心翼翼地看护着自己的三枝纸玫瑰。

哪怕一百次的拒绝，她也要一百次地告诉他，不是同情和怜悯，是一颗心在渴求另一颗心的回应。

小渔走到地铁站，风一样地穿过一个又一个出站口。

"有没有人曾告诉你我很爱你，有没有人曾在你的日记里哭泣……"小渔一怔，她听到熟悉的吉他声，听到熟悉的歌声，这是楚阳最喜欢弹唱的一首歌。

地铁过道处，小渔看到楚阳席地而坐，风吹起他的衣襟，楚阳不管不顾，他醉心地弹着吉他，他戴的礼帽很潇洒地反搁在地面，里面有着零散的硬币和纸钞。

小渔知道，他每天的生活都是这样度过的，在人来人往的地铁站，他贩卖着他的歌声。他的骄傲和矜持让他拒绝了一次又一次庸俗的表演，他在坚持，就正如小渔在坚持一样，小渔知道，所有的坚持都会有得到肯定的一天。

小渔听着楚阳的歌声，这歌声穿越城市的喧嚣直达她的心田。小渔的眼睛湿润了，继而流出泪花，因为她看见楚阳的脚边放着他倚靠的拐杖，拐杖旁放着三枝鲜艳的玫瑰。小渔的泪水就是为这三枝玫瑰而流，小渔感觉喜悦而幸福。

小渔知道，这三枝玫瑰是送给她的。

# 空　巢

那时候阳光很好，心情也很好，他们在一间很旧却很温馨的房子里，翻阅着快乐的日子。

房檐的一角有个燕巢，一对夫妻般的燕子时而在天空飞翔，时而在巢里呢喃，须臾不离。

"它们真快乐。"女人说。

"我们也是。"男人抚着女人的长发，女人从他的眼中看到自己所需要的幸福。

蜜月似的新婚令人留恋，但短暂得如同江南的秋天，很快，冬天来了燕子搬迁去了南方，只留下一个空巢。

"它们还会回来吗？"女人望着空空的巢，心里有一种无名的失落。

"当然要回来，小燕子是念旧的，但如果它们老了，飞不动了就可能不回来了。"男人突然想起"燕窝"的称呼，那是燕子一生的精华，人们为什么要吃它。

冬天就在女人的等待中度过，浪漫的生活也渐渐输给了柴米油盐的枯燥，男人在一家效益一般的公司上班，即使每月的薪水和盘托出经济上也是捉襟见肘，多雨的春天彻底粉碎了他们的浪漫——因为那四处漏雨的房子。

争吵总是在雨天，不愠不火的那种，但女人的声音却足以让邻人听了去，她刻薄的语言总像刀子似的恰到好处地让他感到痛楚。

江南的春天总是下着令男人讨厌甚至憎恨的雨，争吵在霏迷的雨中逐步升级，终于一次男人在雨中爆发似的吼了一句："妈的！我也要买套房子！"女人恶意地笑了，那笑声让男人觉得自己是一只不自量力的螳螂，他第一次让自己的手指在她脸上留下了痕迹。

女人委屈地跑到娘家小住，等她回来时却发现男人走了，带着买房的心愿离开了公司离开了家。家里清冷冷的，但燕子回来了。不知是不是昔日的燕子，女人发现它们没有住现成的旧巢，而是重新垒窝。百无聊赖的女人看两只燕子不停地进进出出，结草衔泥。看着看着女人就落泪了，她想起甜蜜的秋天、温暖的冬天和男人在身边的那些日子。她开始给男人写信。她原谅他了，她希望他在身边，但寄出的信如石沉大海，杳无音信。

一年后男人疲惫已极地回来了，他赚了一些钱，可房价又涨了，买房于他们依然是一个遥远的梦。

"不要再离开我，"女人说："我一个人守着空空的家，我怕。"

"我说过的话我一些定要做到，相信我，不要太久的时间。"男人说，他仅仅把家当作一个歇息的旅店，又出去闯荡了，这一去更久。

女人一个人守着空荡荡的房子和短暂的回忆，她觉得一切都有显得遥远和陌生，燕子一茬茬地来，又一茬茬地走，屋角的空巢多了起来，频繁的春雨使房子更加漏了，听着这些滴答的雨声，女人觉得应该做些什么，就在晴天请了一个人来修房子。

修房的是一个很年轻的男人，他用高高的梯子使自己到达屋顶。抽掉一些旧瓦片然后换上一些新的，下雨天房子就一点也不漏了。女人突然间觉得，生活其实很简单，修修补补就没事了，根本不必作茧自缚。一座不漏雨的房子就是最好的房子，她对修房的男人充满了敬佩。

屋角的房檐已经有了三个空空的燕巢，男人回来了，带着按捺不住的兴奋，让女人看那些花花绿绿的钞票，女人像看一具空巢，目光淡漠。

"我们终于可以住上新居了。"男人说。

"真是一件值得庆贺的事情。"女人说，却不兴奋："房子早就不漏了，我找人修好了。"

女人做了一桌好菜，然后从外面领回一个男人："房子是他替我修的，你瞧多好，一点也不漏，多好。"

女人跟那个会修房的男人走了，她的选择也许是对的，跟着他，不管是住新房子还是旧房子，永远都不要为漏雨担心。

男人愣在那里，这是一个他完全没有想到的结局，他得到了房子却失去了家，上苍给他开了一个最残酷的玩笑。是不是人生都是这样呢？得到的时候同时也在失去？

男人无言，用他在外辛辛苦苦赚来的钱买了一套房子，把它装潢得很漂亮，像个艺术家在欣赏自己最后的杰作，然后小心翼翼地锁上门，只身离开了城市，不知所终。

　　没有人知道那套漂亮的新居其实一直在这座城市里空着，没有人知道……

# 刺 青

　　我经常坠入一个相同的梦，看到陈扬在一场大火中向我翩然走来，他的身体在我面前鲜花般地节节开放。

　　我是一个张扬的女孩，经常穿着喇叭裤或是迷你裙招摇过市，我整天出没于酒吧迪厅娱乐城，走在时尚的最前沿，也走在人们的口水中。

　　我不是好女孩，大家都认为从小缺乏父爱和母爱的我肯定不算好女孩，我奶奶除外，我在奶奶面前像只小猫一样乖顺，因此她根本不相信外面的那些传闻。

　　我的身后跟着一群男孩，这些坏孩子占据着我的天空，陈扬也在其中。

　　陈扬自卑而又胆怯，说实话，我一点也不喜欢他，可是我同样对他摆出一张笑脸，我像一个大众情人般活跃在这些男孩中间，我喜欢看着陈扬像听话的小狗一样跟在我后面，高兴时我会扔给他一些感情的骨头。陈扬也像一条很容易满足的小狗，和张强判若两人。

　　张强是一个很野性的男孩，但即便如此，也被我支使得团团转。有一天，我们经过雨街的银饰店，我说，张强，你敢在鼻子上打一个洞吗？张强说这有什么不敢，为了你，我敢上刀山下油锅。张强说着即刻穿了一个鼻洞，吊了一个大大的鼻环，牛魔王似的，从那以后张强就自作主张认我为女友，他真是异想天开。

　　那时我们经常无所事事地在雨街闲逛，雨街开着各种各样的小店。在经过一家刺青店时，我看到不少男孩女孩在贴假纹身，可以洗掉的那种，我说，男孩纹身才有男子汉的味道，不过必须真的纹。张强说这有何难，他走进纹身店，要求那个瘦瘦的老板在他手臂上刻一条小龙，疼得龇牙咧嘴，陈扬在一旁看得肉跳心惊。我说，陈扬，你也纹嘛，你要是纹了，我就喜欢你。我说话的口气像在哄小孩，陈扬盯着我看了很久，然后摇头，说他怕疼。张强夸张地笑了，笑得很响亮，他说就你这货色还想做我的情敌，以后不要跟在后面了。

后来陈扬真的很少出现了，张强以护花使者的姿态出入我左右，这家伙一直当我是条鱼，现在开始收网了。一次在郊外的草地上他想使坏，我给了他一个耳光他才罢休，我以为这个耳光可以将他打出我的视线，可是没有，他照常嬉笑着在我身边鞍前马后。

我终于着了他的道，那是一个下着雨的晚上，那天他喝了一些酒，我闻到他嘴里陌生的烟草味和淡淡的酒味，还有他粗重的喘息，在一种尖锐的刺痛中，我知道我失去了一些东西，我听到张强嘟哝着说，我以为会有什么不同，原来和其他的女孩没什么两样。我再次给了他一个耳光，我叫他滚，他就真的滚了。

后来的许多天，我心情低落，我常常一个人走过长长的雨街，经过刺青店，老板依然为那些小青年纹身，然后我想到张强，他那陌生的气味常常令我怀念，我想我可能是爱上他了，可是我的爱情还没开始就结束了。

雨街上，我又看到陈扬，他默然地走在我身边，我说，陈扬，你去纹身吧。陈扬依然摇摇头，我说难道你真的怕疼？陈扬说，纹身不是好男孩，我不纹。我说我也不是一个好女孩呢！你离我远点吧，陈扬还是跟在我的后面，我大声叫着，陈扬你还不给我滚！陈扬居然很忧怨地看了我一眼，他真的滚了，我又无助地哭了，我想，陈扬真是个呆子，他这样的男孩，注定得不到女孩的喜欢。

我的忧伤只是转瞬，很快我又如鱼得水地活跃在新的男孩中，我忘记了张强也忘记了陈扬，或许，我还忘记了自己。

我真的忘记了自己，直到有一天桃红提醒我，她说，小嫣，你知道吗，陈扬死了，就在今天。我知道今天娱乐城起了一场大火，我本来要去那里跳舞但是没有去，而陈扬却死于这场大火中，难道他会去跳舞？

桃红告诉我说陈扬是去救人的，他看到现场乱糟糟的一片，他听到一个刚刚从娱乐城逃出来的女孩哭着喊小嫣，说小嫣还在里面。陈扬二话没说就冲进火海中，陈扬在烟火绕燎的娱乐城摸到一个长发女孩，一把将她扯出，问，小嫣呢？女孩哭着说，小嫣还在里面，陈扬又冲了进去，这一次，陈扬没有出来。

陈扬死在娱乐城，有一个叫小嫣的女孩也死在娱乐城，但不是我。

我拉着桃红一路跑到陈扬的家，我看到陈扬全身烧得面目全非，但是他保持着一个非常古怪的姿势，双手紧紧抱在胸前，好像胸口有什么值得他拼死保护的东西。

　　陈扬的父母费力将陈扬的双手分开了，他们要为陈扬更衣，我看到陈扬的胸口居然完好无损，他拼命护住的胸口有一个大大的刺青图，是一个女孩的头像，那个女孩叫小嫣。

 # 你是一头森林象

李克服成功地逃脱出周亚兰母子的监视中，他消失得很巧妙，就像一滴水隐藏在海洋，一棵树挺立在森林，你知道他的存在，但是无法捕捉到他。

狭小的出租屋里失去了李克服晃来晃去的身影顿时明亮了许多，但这种光亮却让母子俩心神不安，他们习惯了李克服在房间里晃来晃去的身影以及他夸张的笑声，他的笑像一颗太阳，能点亮昏暗的房间。

15年了，李克服在这个家里呆了15年，他把他的身影、气味、笑声都凝固在家里，却让自己溶解在空气中。那天清晨，周亚兰看到端药出来的是吴子棋，略感惊讶地问儿子，李克服呢？因为给周亚兰煎药是李克服一成不变的工作之一。吴子棋吹了吹汤药，淡淡地说李叔叔伐木去了，他说那工作挣钱多。周亚兰"哦"了一声便不再说话，李克服出走这样大的事情，母子俩只用简短的一句话就打发了，此后也不再提。吴子棋已经20岁，他还在读大三，李克服的离开让吴子棋果断地中断了自己的学业，但是他告诉母亲他只是休学一年，等李叔叔回来他继续去上学。

现在我的学业就是照顾你。吴子棋收起母亲喝完的药碗，笑着说，他想学李克服一样夸张的笑声，却笑出一串咳嗽来，看来李克服仅此一个，无法克隆。

李克服曾经是一个伐木工，从森林需要保护的年代起，李克服就失业了，他从森林退居到城市。也就是那一年，40岁的李克服被介绍人领到了周亚兰家里。周亚兰的第一任丈夫刚刚很不负责任地走了，丢下了病恹恹的周亚兰和5岁的孩子。李克服进门的第一件事就是笑呵呵地举起吴子棋，将他架坐在自己的肩膀上，吴子棋感觉犹如坐在一只高大笨重的大象背上，他也高兴得"咯咯"地笑。周亚兰苍白的脸上显出红晕，她不好意思地对李克服说，我身体不好，这个家会拖累你。李克服呵呵笑着说怕什么，什么病都可

以治，有我在，你就不用怕。周亚兰又说，我不能为你生育。李克服愣了一下，然后又将吴子棋举起来，他说没事，一样一样。只生一个好。李克服的过分大度让周亚兰有些犹豫，可是这个家实在需要一个男人来支撑，容不得她有思考的余地。

不过李克服的表现确实可圈可点，一开始他在漂城独自蹬三轮，后来被统一安排进了一家家政公司，按劳取酬他一个顶仨。李克服年富力强，浑身有使不完的力量，走路时都带着一阵风。多年来他一直坚持亲自给周亚兰煎药，坚持每天将吴子棋高高举起，吴子棋则喜欢叫他大象叔叔，有一天吴子棋不好意思地叫着大象叔叔你快把我放下来，李克服这才发现吴子棋的嘴唇上出现了淡淡的茸毛。

李克服的勤劳能干给家里创下收厚的收入，但统统填进周亚兰的嘴，周亚兰喝进去的不是药，而是房子、汽车等这些看不到的家业，她把李克服的下岗安置费也给喝光了，那是李克服打算买养老保险的，为此周亚兰深感不安。李克服却大大咧咧地说，不是有子棋么，我老了就靠他。

周亚兰得的是慢性富贵病，总是那么的不好不坏，她像一颗看似死去的枯藤，但是春天一到又萌发出生机。周亚兰是极度讨厌自己的，她不仅一次地试图轻生，但都让李克服及时制止了，他说，你有什么权力这样做？你是家里的太阳，没有你这个家没有光亮了，若不是你，我如何会这样能干，子棋又如何能考上大学呢？这个家已经出头了，你也快好起来了。

李克服温暖的话语仿佛还在耳边清晰可闻，但是今天他却跑得人烟不见。他真狠得下心，他去了深山无疑是再也不会回来了。吴子棋知道他热爱森林，他讲起森林的故事总是眉飞色舞，他现在终于如愿以偿。吴子棋望着院子里空落落的三轮，他蹬着三轮去了一趟家政公司，然后又去了一趟交警支队，从那里领取了一笔丰厚的赔偿。

那天雾很大，能见度很低，所以我们最终排除了死者有故意制造车祸的迹象，对不起。交警支队队长将一张银行支票交给吴子棋，然后拍了拍吴子棋的肩膀。

吴子棋将这笔钱给了母亲，告诉她他们得到一家媒体的帮助，这是好心人捐的。周亚兰却微笑着问吴子棋这几天去了哪里，不待他开口，她又说，我知道你去了森林，我闻到了森林的味道，李克服第一次来家里也是这种味道，他是属大象的，他回家去了。周亚兰说这话时眼里有泪花，显然她什么都知道了，母子俩的秘密在这个早晨被戳穿，他们抱在一起淋漓尽致地大哭了一场。

夜晚，吴子棋在百度里点击森林象，里面说森林象在预知死亡的时候会躲到无人知晓的森林深处保护它的象牙。李克服像大象一样孤独地隐没在森林深处，却给这个再一次残缺的家庭留下了他珍贵的象牙。

# 爱情蜗牛

花街的早晨每天都是阳光灿烂，但是再灿烂的阳光也照不进楚帆的出租屋，所以说，楚帆发现屋里出现第一只蜗牛一点也没有吃惊，他蹲在地上，仔细观察正在移动但看似一动不动的小蜗牛，它的身后是灰白色的印痕以及孤零零的一只空壳。

然后，又是一只。两只小蜗牛在潮乎乎的墙上粘着，不知意欲何为。

你看，两只小蜗牛，我猜，这是一对恋爱中的蜗牛。楚帆对正端着一碗泡面的余小雨调侃着，后者正吃得呼噜噜响。

楚帆，你还真有闲心，包租婆一会就要来了，看你怎么应付她。余小雨抹了一下嘴角，随手将空纸盒扔到墙角的垃圾桶。

水来土掩兵来将挡，大不了以身相许，怕什么。楚帆嘻嘻笑着说，本人还有几分姿色，这把嫩草就喂给那只胖水牛吧。

都什么时候了，你就贫吧。余小雨也笑了。

漂城突然出现了空前的经济危机，于是，楚帆失业了。余小雨虽然还在一家公司上班，但也是苟延残喘，处境很不妙。而他们都是每个月要给家里寄钱，没什么积蓄，况且余小雨还给楚帆垫了一个月的房租，而他们不过是合租关系，这种不带感情色彩的异性合租生活方式在漂城很普遍，漂城快节奏的生活方式似乎让这些异地淘梦的人们失去了性别。

包租婆头顶着彩色的发卷，模仿着电影《功夫》里面的造型踩着钟点过来了，她的嗓音嘶哑而高亢。

到期了，房租准备好了？

我们怎么说也是租了你一年的房客，你再宽限几天，我们想想办法。余小雨低声下气地说。

想办法，你们能有什么办法？你是刘谦吗，会变魔术？包租婆动了一下水桶腰，似笑非笑地看着余小雨。

我们在这住了一年，怎么着也有点感情。余小雨说。

感情？在漂城谁和谁讲感情啊？想当年我陈梅香来漂城打拼，曾经沦落到在街边……包租婆意识到说漏了嘴，急忙转移话题：赶紧交房租，不然给我卷铺盖走人，我没工夫和你们废话。

没看到我们正在收拾行李吗。楚帆冷冷地看着这个中年发福的女人。

那好，我要检查你们的房间，看有没有什么损坏。包租婆讪讪地说。

你干嘛那么冲动，我们再求她宽限几天，我马上就发薪水了嘛。在漂城的广场上，余小雨一个劲地埋怨楚帆。

有用吗，你看她那嘴脸，她居然还晒她当年的糗事，就她那模样，还不够资格做街边女。楚帆呵呵笑着，余小雨一脸迷蒙：现在我们去哪？

走，我请你吃牛肉面，我可好久没吃了，想起来就馋嘴。

两碗热乎乎的牛肉面确实能诱发人的食欲，余小雨也和楚帆一样专心地投入到午餐的战斗中。

糟了。我忘了东西了。楚帆突然想起什么似的。

忘什么了？

那两只蜗牛啊，忘了把它们带出来，那可是我们的家庭成员。

余小雨以为楚帆忘了什么重要的东西，原来是两只无关的小蜗牛，余小雨看着窗外穿梭而过的行人，心有所悟地说蜗牛都比我们幸福，它们还有自己的小房子。我们却只是漂城的过客。

谁说的，一切都会好起来的，就连包租婆那样的人都能在漂城扎根，何况实力非凡的我们。

别贫了，今晚去哪。余小雨望着在霓虹中变幻不定的漂城，一个真实而虚幻的漂城。

反正不管去哪你都得跟着我不是，我还欠你一个月的房租呢。楚帆拉着余小雨上了远郊的公交车。

原来你带我来看星星啊，虽然此举浪漫，明天早晨我们都成为冰激凌了。余小雨笑着说。

未必，别傻站着，来帮下忙。楚帆说着打开他的行李包，拖出一沓帆布来，打桩、固定、撑开，居然是一顶很漂亮的帐篷。

哇，你从哪买的？

不是买的，上大学那会我喜欢旅游，经常在野地露营，那时置办的家业，想不到又派上用场了。怎么样，有温暖的感觉吧。

余小雨掩饰不住心里的喜悦之情，围着帐篷转了几圈。

好了，现在请住我们自己的房子了。楚帆做了一个绅士的手势。

我找到新工作了，明天就去上班，在漂城附近的一家小镇。楚帆说，我们，还会有联系吗？

你不是有我的电话吗。余小雨说。

楚帆抬着看着余小雨，他们在一起居住一年了，他第一次这么认真地看她，第一次发现余小雨很美。

其实，我们比蜗牛幸福，因为我们的房子比它们的大。在灿烂的星空下，在温暖的帐篷里，楚帆在余小雨面前低语。

 # 青花瓷

声音很轻，但是带着一种瓷质的美妙，戛然而止时，地面已有一堆四散开来的瓷片，枝蔓缠绕的青花图案节节断裂。

落地的声音很轻，却如重鼓一样响在陈韬心里。陈韬的脑子里有瞬间的空白，醒转时心里纠结着的不止是悔意，他下意识地悄悄观察关芷若的反应。关芷若依然保持着刚才淡定的神情，长发下垂掩盖着大半着脸，她似乎一点反应也没有，但这才是最可怕的，陈韬知道。

关芷若一反常态，即不诅咒，也不哭闹，望着一地的碎片，她微微笑着对陈韬说，终于碎了，真好，终于碎了，这下你心安了。

陈韬知道事情玩大了，他不该一时冲动摔了它，这只青花瓷瓶是关芷若的掌上明珠，送她瓷瓶的人已经到了大洋彼岸的一个国度，然而她却一直将这只瓷瓶当作他的缩影，她不肯相忘，而陈韬亦能宽容，或许这正是关芷若决定下嫁他的原因。

然而大洋彼岸的人却又突如天降，依然可以将已为人妻的她轻易地约出去。她将自己打扮得娇艳无比去赴那么一个暧昧的约会，直到凌晨才带着满脸的春色归家，嘴里哼着歌，余兴未尽地玩赏着旧情人送的青花瓶。

一直在默然守候关芷若归家的陈韬当然会大发雷霆，换了任何一个男人也免不了会这样，所以，青花瓷以粉身碎骨的姿态作了壮烈的牺牲。

碎了好，碎了，你就心安了。关芷若拍着手笑。

陈韬不说话，用扫帚轻轻地将这些碎片归拢。

我找人修补，我听说可以补好的。你等着我，我一定帮你修好。陈韬小心地将一地的碎片收起，包好，然后风一般地离开这座城市。

陈韬从遥远的北国古城来到南国瓷都，他知道这里一定有妙手丹青可以修复他的青花瓶，陈韬在樊家井迷宫般的长巷中穿行，终于在拐角处看到一

幢民居的门楣上挂着一张垂下来的布帘，上面写着两个墨体字：补瓷。

补瓷匠竟然是一个很年轻的男人，长发飘然，一双眼睛十分漂亮，他的手指洁白修长，陈韬很放心地将一堆碎片摊在他面前。

补瓷匠眉头一皱，一堆毫无价值地现代瓷片，犯得着跑上五千里路程来我这里？

少废话，我只问你能不能恢复当初的样子？

补瓷匠看了看一堆碎片，抬头深深地看着陈韬，哈哈一笑：摔成这样，你的劲可真不小。只要你不嫌价钱贵，但你至少要给我三天的时间。

陈韬正好利用这三天的时间细致地品味了这座江南瓷城，这里真是一个瓷的世界，小城处处可见青花瓷的影子，就连街灯也挂着瓷器的造型，这座城市处处有瓷，那么一定也有着随时可能破碎的瓷器。陈韬不禁想起自己带来的瓷器，不知它命运如何，三天的时限已到，陈韬赶紧去那个年轻的小瓷匠，小瓷匠果然掏出一只焕然一新青花瓷瓶，和他带来的的确是一模一样，只是看不到一点修补的痕迹。

为什么一点修补的痕迹也没有呢？陈韬问小瓷匠。

如果有，我还能收取你的钱吗？小瓷匠神态自若。

你可真是神手。陈韬佩服得五体投地。

过奖，只是以后脾气不要那么大，你瞧，多么美丽的瓷器啊，要用心疼爱，小心轻放啊！小瓷匠居然像一个洞悉人生的老者，陈韬脸上无由地掠过一丝红云。

陈韬捧着修好的瓷瓶满心欢喜地离开了，在路上，他和一位青衣老者擦肩而过，当然，老者和小瓷匠的对话，他也不知道。

刚才那人是不是来补瓷的？你是不是又糊弄了人家？老者问小瓷匠，而答案已经很明显，小瓷匠捧出一堆碎瓷片。

爷爷，我并没有毁你的清名啊，要知道你虽然能修补，但绝没有我"补"得好嘛！何况，他并非真正来补瓷的嘛！

你个小鬼头。不过我看他已经懂得爱惜瓷了，以后绝不会再摔。

陈韬捧着手中的青花瓷，像捧着失而复得的宝贝，只是一路上他看到瓷器店里都有这种青花瓷出售，价格低廉得要命，想必那美国佬当初也是个穷酸角色。想到美国佬，陈韬的心又沉重起来，自己躲避了这么久，回去是个什么局面呢？

陈韬回到家，关芷若却像小鸟投林一样扑了过来，抱住陈韬不松手。

你去哪了？

我把它补好了。陈韬亮出完好的青花瓷，一脸的得意。

关芷若接过青花瓷，爱惜地抚摸着，然后手一松，地面又有一堆四散开来的瓷片。

你……

碎了好，碎了我心安。关芷若说。

# 紫槐花开

紫槐花开了，开在 5 月的都市里，浓浓淡淡的芳香弥漫了整座城市。

殷桃总会在这样的季节想起董小夏，想他那歪头一笑的样子，洁白的牙齿像慢慢拉开的手风琴琴键。

殷桃就是在紫槐树下和董小夏初见的，然后在紫风塘重逢。紫风塘宽敞的大厅恰似一方舞台，见证了她感情的开启和落幕。

那歪头一笑的样子，似乎隐没在记忆里了，如消逝的紫槐花，却又总会在适度的时候再度开放，飘飘洒洒，落在她久旷的心海。

那天，在紫风塘舒缓音乐的背景下，董小夏歪着头，手风琴琴键一张一合，发出音乐般质感的声音。

我们分手吧。董小夏说着，心不在焉地玩着一只镀铬火机。

分手？不会是因为那些传言吧？

传言是打不倒我的，分手只是因为分手。董小夏十分洒脱地摊开手。

殷桃不说话，转身跑到家，气咻咻地对着父亲说，殷总，你对小夏说了什么？

我什么也没有说，我只是请他到香格底拉吃了一顿饭，并且让他无意中看到账单，仅此而已。

你明明知道他家里很穷，他从农村来。

所以，他很知趣，我以为我需要给他开一张支票呢！殷桃，你要小心，小心这种跳出农门的男人，不是什么人都可以上我家的门。父亲用手理了理他那根名贵的领带，温和地望着唯一的爱女。

你总是以为，任何人都是看中了你的钱。

但的确是这样。

殷桃就这样失去了董小夏，剩下的只有记忆，后来记忆也没有了，殷桃就来到紫风塘寻找。

紫风塘依然存在，如果殷桃愿意，紫风塘会永远存在，但殷桃也可以叫紫风塘一夜消失，父亲是紫风塘的主人，而这不过是父亲众多产业中的一小部分。

紫风塘新来了一个服务生，也喜欢歪着头，牙齿像一排整齐的琴键。

殷桃的心痛了一痛。

董小夏像风一样地消失在这座城市，像逝去的紫槐花，但是紫槐花会在来年的初夏再度芬芳这座城市，而董小夏却消失无踪。

殷桃的心又痛了一痛。

医生说，殷桃活不过 30 岁，医生这话是对殷桃的父亲说的，父亲以为殷桃不知道，但是殷桃知道。

我活不过 30 岁。殷桃静静地对董小夏说。

这有什么关系呢，我就陪你到 30 岁。

那剩下的日子呢，那些漫长的日子呢，你怎么度过？

有这些日子就够了，剩下的日子我可以活在记忆里。董小夏用寻常的口气说。

那时候董小夏并不知道殷桃脆弱的生命背后有这样坚强的财力作后盾，他给她讲他的家乡，讲家乡的紫槐树，那淡淡芳香的紫槐花是如何浸染着漫山遍野，讲他的心愿，在家乡建一所小学，周围栽满紫槐树，让所有的孩子都能念得起书……那时，都市里只有高大的雨桐，因为殷桃的执著，父亲才让这条街道开满了紫槐花，当然，父亲动用了相当多的财力。

紫风塘里，父亲和殷桃相对而坐，那个男孩静静地立在身后。

很安静，隔着落地窗，可以看到片片紫槐花飘落，细碎地铺了一地。

我只是想在有生之年轰轰烈烈地谈一次感情。殷桃静静地望着父亲。

但是你又怎么知道，这世上或许根本没有你所想要的轰轰烈烈的感情。父亲手里抚摸着殷桃的照片，这张照片就立在他对面，宛若真人般地和他对话，五月的紫槐花不断地在窗外飘落。

我让他知道了你显赫的家势，我看到他震惊的表情，我请他吃饭，我请求他离开你，一开始他没有答应，我立即开出了一张支票，他看了看数目，迟疑了一下，接受了。他居然接受了，你的轰轰烈烈的感情输给了 20 万，我一直不敢告诉你，20 万兑换了你的感情。

父亲慢慢起身而去，殷桃依然静静地望着她，脸上是永恒的微笑。

其实，你父亲的故事是不完整的。服务生坐下来，坐在殷桃对面，歪着头，洁白的牙齿像慢慢拉开的手风琴琴键。

我哥拿了 20 万，是为了建一所小学，他本来打算在建完之后把你接过去，可是在一个雨天他去检查旧教室，教室突然倒塌……你只不过活了 30 岁，可你知不知道，我哥只活了 25 岁……

午后的紫风塘寂然无声，服务生抱着殷桃的照片慢慢走出门外，他的身后是 5 月开放的阳光，是那片片飘落的紫槐花。

# 无声电话

郑志阳最近很满意，非常满意，简直相当满意。

出来打拼几年，总算摆脱了给人打工的命运，虽然只是开了一个小小的话吧，但也是事业，星星之火可以燎原，想当初李嘉诚也是卖塑胶花起家的嘛。

郑志阳的话吧开在一条不起眼的小巷，阴暗潮湿，但地处都市的城中村，是外地打工者聚集的地方，因此生意非常不错。从白天到深夜都有顾客光临，虽然没有阳光普照，但郑志阳的心里开满了阳光。

每天来往的顾客也让郑志阳有一种新鲜感，渐渐地时间长了，顾客由陌生变得熟悉。那些老面孔，郑志阳感觉非常亲切，也知道他们固有的习惯。比如眼镜，总是一边打电话一边用中指敲着台面，像只勤奋的啄木鸟。小胖子则非常守时，每周三的晚上8点准时走进话吧，一分钟不多，一分钟不少。而住在对面三楼的那女孩每次打电话都打很长时间，诉说工作的委屈，生活上的委屈，反正一肚子委屈，而且一副哭巴巴的样子，典型80后的风格。矫情。郑志阳想，自己也是80后，没有这么多婆婆妈妈的事，不过又一想，人家是女孩子嘛，大学生，天之骄子，现在沦为落地的凤凰，也难怪。

但是，最奇怪的电话客是一个女孩，她每个星期来一次，不说话，匆匆地走进电话间，她打电话也不说话，拿起话筒，手指在话筒上轻重有序地敲着。郑志阳第一次看她打电话非常惊奇，想起电影《风声》里敲密码一样，可是郑志阳无法破译她的密码，不知道她这种无声表达有什么诉求，代表的是欢欣还是悲苦。

来的次数多了，而且每次是这种不说话只敲话筒的动作，郑志阳也就见怪不怪了。女孩在结账也不说话，只淡淡地微笑，郑志阳断定她是一个聋哑女孩。心里有些说不出的感觉，女孩穿着朴素无华，但掩饰不住本身的青春华美，而且长得很像张静初。郑志阳是张静初的粉丝，感觉一个如此清纯的女孩居然失声，上天真是太不公了。一个聋哑女孩子独自在外面打拼，而这个社会对残疾人照顾得又不是那么周全，其艰辛可想而知。

结账的时候，女孩习惯性地无声一笑，郑志阳也回报无声的微笑。他觉得应该对她予以尊重，而尊重其实就是体现在这样小小的细节。望着女孩无声地离去，那似乎显得孤单的背影，郑志阳的心里有点酸，不知为什么。

郑志阳有过感情体验，在一家工厂，女孩是四川的，叫阿樱。或许是因为孤单寂寞，两人很快好上了，而且在外面租了一个小单间，过上了类似小夫妻的生活。只是两人像互相取暖的豪猪，没有去探讨未来，也不敢想像未来。在一起将近一年，阿樱突然决定去另一个城市，她说在那里有更好的空间，适合她发展。分别时没有难舍难分，也没有哭天抹地，郑志阳很冷静地帮她提着行李，居然像兄长一样把她送走，而这段感情也就成了一个无言的结局。

女孩又一次光临的时候，天空下起了雨，雨天似乎更适合电话传情，但不适合她。因为雨的节奏，女孩反复地敲打着话筒才表达出她想要表达的意思，为此，她多付了比以往多一倍的话费。

但是郑志阳耍了一个小小的心眼，并没有按表格的时间收取，依然按以往一样收取，望着外面如注的大雨，郑志阳从柜后拿出一把伞，递给女孩。女孩有些讶异，随即微笑了一下，并且说了声"谢谢"。

这下轮到郑志阳讶异了，他讷讷地说，我以为，我以为……

女孩掠了一下额前的头发，笑了一下。

我母亲，女孩说，她很挂念我，要求我每个星期给她通电话，可是她天生不会说话。我在家研究了一套敲电话话筒的方法，并且让她明白我的意思。每个星期我都要把我这里的一切告诉她，免得她挂念，当然，我都是给她最好的消息。

女孩撑着伞，一步一步地走出郑志阳的视线，郑志阳感觉心里有什么堵着，脸也红了，想自己虽然开了一间话吧，却从来没有给家里报过平安。他不由自主地抓起了电话，开始按键……

# 被遗忘的风扇

许锋看了看屋内的环境，虽然小了点，毕竟是五脏俱全，而且还在市区中心。在网上苦苦求索大半年，终于找到了适合自己的小蜗居。五楼，有一个小小阳台，既可以承受都市新阳，又可以远眺珠江夜色，而且离工作单位近在咫尺。再也不用往返奔波忍受三个小时的公交车之苦了，许锋心里舒了一口气。

前房主也是和许锋年纪相仿的年轻人，大家都在广州打拼，陌境同路人，生分中又有某种认同，所以交接手续也很简单。俩人私下里结清了水电费，再打电话让房东过来办理合同过户，转租的仪式就算完成。年轻人已经在开始清理自己的行装，两个大大的行李箱就装下了他全部的家当，他移步出门的时候，没忘记把钥匙留给许锋。

人去屋空，房间一下子显得空阔起来，许锋舒适地躺在床上，随手打开了桌子上的一台风扇，一阵清风袭来，吹得人满心舒适，也将近日来心里的郁结吹得了无影踪。

咦，风扇？这个冒失鬼，怎么没有将他的风扇带走？

许风近距离地看了看这台风扇，虽然是一台普通的风扇，看样子价值不会超过一百块，但对于这种没有空调设施的简陋的出租屋来说，却有着举足轻重的地位。问题是这台风扇的主人到一个新的地方又得花钱去买，也是一小笔开支。在广州，风扇几乎一年四季都可以用上，所以是租客的生活必需品。许锋下班回来的第一件事便是打开家里的风扇，工作上的压力往往也会随着清风的吹送而稍有减轻。

许锋立即打了那个年轻人的电话，告诉他有东西遗忘了，自己在房间里等他来取。几个小时后，年轻人满脸大汗地敲开了门，当他知道他拉下的只是一台风扇，立即显出满脸的不高兴。

我坐了三小时的车呢，你早告诉我是一台风扇，我就不过来了。

虽然只是一台风扇，可也是你的家当啊，我可不能据为己有。许锋笑着说。

嗨，这风扇不是我的，真的，我在搬来之时，这台风扇已经在这了，那我走了，也不能把它带走是不？

你搬来时就在，那你怎么没还给人家？

是啊，我之前住这的是一个女孩，我告诉她忘了风扇了，你猜她怎么说，她说这风扇的主人不是她，她搬进去时就有了。风扇的故事就是这样，我走了。年轻人像他来时一样，又风风火火地走了。

许锋望着这台风扇，突然觉得生活有点意思，这台风扇最初的主人是谁？他是一时疏忽时遗忘的，还是刻意留下的？疏忽大意可以理解，刻意为之用意如何？

许锋在收拾自己行装的时候，脑子里还在想着这台和已无关的风扇，东西陆陆续续地装进了行李箱，最后，只剩下一台他刚买不久的风扇。

我也将这台风扇留下吧。许锋想，反正一个人不需要两台风扇，这故意的遗漏，就权当是给生活种下一个悬念吧，也许下任房客是个刚刚从学校出来的毕业生，这南方的第一缕清风，正好安抚他一颗忐忑不安的心。

于是许锋轻轻地关上门，却将自己的风扇遗忘在室内。

# 血 陶

陶小妮在这片钢筋水泥的丛林中已经潜伏了5年，5年的历练让她修炼成了不折不扣的都市白骨精，以陶小妮的长相和个性，爱情的路上似乎应该顺风顺水，但陶小妮至今依然孤单一人。其实陶小妮也没有挑三拣四，只不过和哪个男孩都如此，交着交着就交成白开水一样平淡。分手的缘由是什么，陶小妮不知道，或者隐隐知道。年纪直逼三十，被人叫做圣女，其实是剩下的剩，陶小妮知道。

圣女也罢，剩女也罢，陶小妮并不太在乎，爱情的每一次落败，她都要从泛黄的行李包里取出一只陶器来，确切地说，那并不能叫做陶器，只是一块坚硬的泥巴，一块染了血的泥巴，年久日深，竟也有了陶器的感觉。那是一个人物肖像，可惜面目模糊，但是陶小妮知道，这个面目模糊的人物，正是自己。

看着这块带血的陶器，陶小妮就会想起小楼，说话都说不清的楚小楼。

在北方那座朴实的小城，陶小妮和楚小楼是在一个有阳光的院子里玩大的。小楼从小喜欢玩泥巴，会把那些泥巴像揉面团一样地揉搓，然后捏成不同形状的物体。陶小妮记得她最快乐的日子就是和楚小楼一起玩泥巴，他们常常玩得灰头土脸，不亦乐乎，恋恋不舍。楚小楼是个十分聪明的孩子，功课非常好，人又长得俊杰，虽然家境不好，陶小妮的父亲还是非常乐意他们两人玩在一块，他还经常招呼楚小楼在家吃饭，俩家大人一分亲近。楚小楼常常张着一双粘满泥巴的手在陶家客厅里转来转去，少年初长成的俊朗居然会让陶父的目光里带着疼爱以及某种别有用心的眼神。

陶小妮的父亲知道，以楚小楼的学习成绩，进京没有任何悬念，虽然楚家清贫，但楚家有子如此，改换门庭指日可待。所以，少男少女那一点点暧昧，陶父早已洞察分明，却装作浑然不知。

事情出在高中的最后一年，楚小楼突然高烧不退，送医院急救，也不知用的什么药，保住命了，人却傻了，说话都词不达意，自然与功名无缘。半傻不傻的楚小楼依然像往常一样往陶小妮家里跑，而陶小妮待他居然像往常一样，甚至更加亲密。陶父生气了，不客气地将楚小楼扫地出门，他给女儿逐条分析。陶小妮愤怒地望着父亲说，你真势利！她同时和父亲表明，无论楚小楼如何，自己都不会离他而去。

　　此时不识趣的楚小楼居然呵呵笑着，从身后取出一只陶泥递给陶小妮，陶父怒火中生，一把将那块泥巴夺去，扔在窗外的街道，同时狠狠地推了楚小楼一把。楚小楼从地上连滚带爬地起身，飞身下楼，街道上是川流不息的车辆和人群，楚小楼眼中只有那只摔在地上的陶泥土坯。陶小妮的惊叫尚未出口，就看见一辆汽车将楚小楼撞得飞了起来，然而在最后的一瞬间，楚小楼的手已紧紧地抓住那块泥坯，鲜血将它成暗红。

　　陶小妮以远离家乡的方式记恨父亲，她选择南方这座都市，而且毕业后一直没有回去。其实，在陶小妮的心里，她和楚小楼耳鬓厮磨的十年时光并不是爱情，却比爱情更珍贵。她的每段爱情都是热情似火的男孩在她异常冷静的身体面前落败，神情不安最后选择离去。其实陶小妮也没有刻意拒绝，她只是感觉奇怪，欲望能让男人如此丑陋，他们为什么不能像楚小楼那样纯洁而美好？

　　幸好，有这块面目模糊的陶泥，陶小妮在都市不至于太孤单寂寞，它就像一剂安定，总是能恰到好处地安抚她的心情。而且，还有那么一间陶吧，也能让陶小妮忘我地快乐。

　　陶小妮第一次发现那间陶吧，是在一个失魂落魄的夜里，老板看上去像男孩又像个男人，他像顾客一样专心地玩着泥陶，陶小妮被他专注的样子所吸引，继而成了这里的顾客继而经常来。

　　陶小妮又不知不觉地走进这家开在都市一隅的陶吧，已经是轻车熟路。这一次，陶小妮把那块陶泥拿出来，加水重新和稀，她看着那些泥巴在陶坯上飞速地旋转，会制出一个什么样的形状来她并不关心。老板一直在关注着她的动作，他从后面伸出一双手，在泥坯上运作着，两双粘满泥巴的手轻轻地碰撞着，俩人心照不宣地微笑着，陶小妮看年轻老板的神情和微笑，怎么看怎么像楚小楼。

# 夏日里最后一朵玫瑰

化妆间的门被摔得山响，其中还夹杂着阿紫尖刻的辱骂，倘若是在10年前或者5年前，只要梅若兰呆在化妆间，谁敢如此放肆？偌大的化妆间，实际上就是梅若兰一个人的包厢，姐妹们都愿意等，实在不想等的，就会去外面化妆。

梅若兰还是安若如初，依旧不紧不慢地做着上妆的程序。描眉、勾唇、上粉底、抹眼影、最后装上一对黑乎乎的眼睫毛。她对着镜子仔细瞄了瞄自己，依旧光鲜可人，但是梅若兰知道，那浓重的眼角里藏了多少岁月的痕迹，一个29岁的女人，在吃青春饭的职场里，已经没有青春可供挥霍了。

梅若兰，你什么东西，占着茅坑不拉屎！门外的阿紫终于发飙了。夜玫瑰的新一姐，娇艳可人的90后，正被日益宠坏的脾气，有着火一样旺的人脉，当然有资格发飙。

梅若兰终于打开化妆间的门，淡定地对阿紫说，我今天有客人。你还能有什么客人。阿紫说，你就是一个不下蛋的老母鸡，还占着窝！梅若兰灿然一笑，却迅捷地甩了阿紫一个耳光：夜玫瑰有我梅若兰，永远轮不到你来发飙！

被惊吓的阿紫本能地捂着脸，任梅若兰坦然从她身边走过。论武力，阿紫知道不可能是她的对手。阿紫只有到业务经理杨阳那里去哭诉。在夜玫瑰，杨阳是她最好的靠山。岂料今晚杨阳也是一副息事宁人的样子，劝阿紫忍让，阿紫只觉得碰到鬼了。

今夜的梅若兰光彩照人，完全不是往日只能默默地坐在角落里无花可得的梅若兰，难道时光会倒流，当年霸气十足的梅若兰又回来了？那她凭什么卷土重来呢？

阿紫知道梅若兰的故事，整个俪都娱乐城都知道，她有一个晚上狂掠200个花篮的历史纪录，也有一个晚上狂输20万的洒脱。胆大、妖冶、泼辣，加上洪亮浑厚的音色，让梅若兰充满个性。梅若兰确实是一位出色的交际花，她在各色男人之间应付自如，能将她每一个客人照料得心满意足。但是梅若兰有一个致命的缺点，嗜赌！晚班后一般人都要去补觉，梅若兰却直奔百米外的游戏城，和电脑对杀。正因为有好赌的习性，梅若兰又被圈中人戏称为"月光女神"。人老珠黄无处可去的梅若兰，只能在夜玫瑰苟活残延，低眉顺眼，夜玫瑰的昔日一姐，她的自尊早已被践踏得体无完肤。

但今夜确实有些反常，夜场开始，主持人阿灿在缓慢抒情的音乐中致开场白：时光流逝，总有一些带不走的记忆；岁月如刀，总有一些毁不掉的痕迹。夜玫瑰走过十年的风风雨雨，感谢一路有你的支持。人生就像一座大舞台，有欢笑、有泪水、有不朽的经典，有永远的传奇。今夜我们隆重推出一位演员，她和夜玫瑰一起成长，她用她的歌声，给人们带去太多的欢乐。她就是梅若兰姑娘。接下来我们就把舞台交给夜玫瑰最伟大的演员——梅若兰。

阿紫终于知道今晚与众不同，今夜是梅若兰的个人专场，怪不得梅若兰今晚如此气焰十足。梅若兰把十年来唱过的歌都一一复习了一遍。从当初让她红过的《一无所有》、到《女人花》、到《被遗忘的时光》，当梅若兰最后深情款款地唱《夏日里最后一朵玫瑰》的时候，台位上的客人已经忍不住赏赐了掌声。阿紫特别注意到，台位中间有一位中年男人，正默默注视着舞台上的梅若兰，他以前曾疯狂追求过梅若兰。未果，就潇洒地放弃了，今夜他为什么会来？

梅若兰在如潮的掌声中悄然隐去，然后再没有露面，阿紫注意到台位中间那位客人也不见了。

西湖边，梅若兰的衣裙被夜风吹动，她的身后是他和他的宝马。

我一直想开个人专场演唱会，谢谢你圆了我的梦。其实，我知道，这5年，都是你一直在背后默默资助，否则，夜玫瑰早把我开了。

终于把你感动了，所以你才让我安排了你最后的演出。男人说着，将车门打开。

我再打一个电话好吗？

梅若兰拿起手机，拨了一个号，电话那边是一个睡眠中女人的慵懒的声音，还有他的嘟哝，梅若兰还听到小儿的啼哭，也许因为她这个电话。梅若兰凝神听了一会，什么话也没说，然后将电话挂了。

其实婚姻只不过是一种形式，你应该知道你在我心里的地位。男人轻轻抚住梅若兰的肩。

梅若兰没说话，而是钻进了他的宝马车里。车子在宽阔的路上疾驰而过。

梅若兰走了，夜玫瑰的一姐地位正式由阿紫接替，阿紫也可以一个人享用化妆间。可是阿紫却有些心烦意乱，坐在空阔的化妆间，阿紫觉得它好像是一个黑洞，姐妹们的青春都在这里蒸发，阿紫突然有一些恐慌。

# 爱尔兰画眉

车厢轻微地摇晃着，像一张巨大的摇床。车轮敲击着铁轨，穿行在夜色和时光中。车厢里很静，万物都在沉睡。

一缕声音轻轻地从车厢某个角落扬起，在这寂静的午夜，温暖而孤独地亮着，有人被声音催醒，却也只是懒懒地张望了一下，而似乎更愿意被这声音催眠。只是，张芸自始至终地醒着，她的心，突然动了一下。

吹奏者的水平并不高，甚至音色也不那么连贯，但是那曲调偏偏打动了她，舒缓悠扬，似乎又夹杂着丝丝忧伤，竟然和她此时的心境是如此的合拍。因为，实习后再回到学校，四年的学期即将结束，他们很快就会分开。

张芸听出来了，是口琴。

张芸轻轻地起身，她看到车厢的角落有一个男生，两腿微微张着，背靠着车窗，低着头，正旁若无人地吹奏着，张芸在旁边入神地听了许久，终于如梦初醒，她轻轻地碰了碰男生，那男生似乎也突然回过神来。

张芸指了指车厢里的同学，男生心领神会，撒下口琴，冲张芸无声地一笑，洁白的牙齿在灯光下像一排突然开启的琴键，张芸心里又是一颤。

再次回到自己的座位，张芸心里已经有了波浪。大学四年，离校时居然没有带走一片云彩，张芸心有不甘。

但是依张芸的脾气，要她主动出击，那又是万万不可能的，所以，他们系里只有朴素而普通的张芸没有护花使者，保持着她不想要的"清白"。

但是这个吹奏口琴的男生却在瞬间掠走张芸的心，张芸的眼前一直映着男孩的脸和他那口白牙，还有那带着淡淡伤感的口琴声。回到校园，张芸觉得她不能坐以待毙，她也可以主动出击，而且如果能在大四捕获一段感情，其实是最实惠的，因为毕业后双方可以去同一城市发展。如果这份感情发展得好升级到婚姻也是有可能的，虽然现在想到这些还为时过早，但爱情的终极目标就是婚姻。

张芸费了不少心思才打听到火车上那个吹口琴的男生，知道他叫吕沐雨。张芸弄了两张音乐会的门票给吕沐雨送去时，吕沐雨满脸迷惑。张芸红着脸解释说火车上听了他的口琴，心有感悟，所以相信他会喜欢音乐，而且听说音乐会上会有口琴表演。吕沐雨眉梢一扬说是吗，那么学姐你能再送我一张票吗？吕沐雨的身后出现了一个阳光女孩，吕沐雨说她也喜欢听音乐。原来吕沐雨早已有了意中人，而且吕沐雨也不是大四学生，他那次不过是陪同好友前去游玩的，他还在就读大三。

张芸有一种说不出的挫败感，不过转眼就释怀了。像吕沐雨这样优秀的男生怎么可能在感情上是一片空白呢，只怪自己一时头脑发热，自取其辱。张芸带着无限的遗憾离开校园。

毕业后，张芸南下去了漂城，在漂城，她几乎忘记了自己的性别，漂城快节奏的生活方式让她无暇顾及其他。张芸就像一台工作的机器，寂寞了，就去花街的酒吧，泡吧。成了她主要的休闲方式。

这天，张芸经常光顾的酒吧里有人在吹奏口琴！那音色和旋律让张芸心神一荡，只是酒吧灯光昏暗，张芸根本看不清楚吹口琴的人的样子，只能看到他的侧影，像他吹出的声音一样坚强而孤独。

此后，张芸经常来这个酒吧，每次都要那点上那段让她心神荡漾的口琴旋律！由此也认识了酒吧口琴演奏者，那人叫江子。江子请了张芸一杯红酒，感谢她坚持不懈的支持，他说他本来要失业了，因为有张芸的支持，他才在这家酒吧继续走场子。张芸看着江子一脸的风霜之色，他露齿一笑的洁白牙齿突然让张芸心里涌出一股暖流，她知道，多年尘封的感情在此刻破土而出，就像尘封多年的老酒，还未启开，已有暗香弥漫。

为什么，为什么会看上我这么一个不起眼的流浪艺人？在新婚的夜里，江子依然带着某种惊喜与疑惑。他知道自己一条腿还残着，张芸主动抛出的爱情红丝线，他到现在都有疑惑。

我还想听你的口琴声，再给我吹一遍吧。张芸不作解答，只是温柔地盼咐江子。于是江子又轻轻地吹了起来，张芸闭上眼睛，耳边似乎响起多年前车轮的撞击声，还有吕沐雨那张年轻的脸以及他一口张扬的白牙，也突然像电影里的闪回一样一闪而过。

这音乐有名字吗？张芸轻轻声问江子。

有。

叫什么？

爱尔兰画眉。

# 画 瓷

柳色青青的季节，楚沐雨手中擎着一把天蓝色的雨伞，看着雨水流苏似的从伞线的四周洒下来。雨色空蒙，如迷局一般阡陌交错的小巷一下子吸引住了他的视线。来自北国江城的他一下子爱上了这个十分江南的瓷都古镇。他决定不再漂泊了，把这里当作他的第二故乡，好好发展。

楚沐雨是个画家，他却自称为画匠。的确，瓷都汇集了不少来自全国各地的画家，有的还声名显赫，都是正儿八经的科班出身，唯独楚沐雨没经过学院派的熏陶，是地地道道的自学成材。楚沐雨年少时就喜欢画画，也考取过非同一般的艺术院校。但在他即将跨入大学校园的那一年，父亲突然病逝，家境衰落，还拉下不少债务。楚沐雨果断地放弃了学业，外出打工，给超市做美工，给公司画广告设计……手中的画笔一直不曾停止，一日偶然淘得了一个景德镇的青花瓷瓶，立即入迷，简洁的线条却迷乱了他的心。

楚沐雨和大多数想在这里扎根的画匠一样先是租下了一家小店，然后去找做瓷胎的工匠合作。樊家井这一带家家户户都开手工小作坊，几乎人人会做瓷器。所以，合作者是很好找的，将他的瓷胎买下，画上瓷画再送回去烧制，然后又返回他店里经销，流程和工序都一样，生意却大相径庭。

楚沐雨专画青花，他画的青花和传统青花很不同，笔画的勾描和颜色的调制都和传统的青花瓷相去甚远。他画的枝蔓纤细，花朵却又硕大，颜色更是青中带紫，显得丰满而又妖娆。这种别具特色的青花瓷一开始很是吸引了一些客商的眼光，一度销量不错，但不久就无人问津。原来客商大都是把这里的瓷器买了去加工成古瓶的样子谋取暴利，楚沐雨画的瓷瓶无论外形做得再像，也因为这种太现代的青花画法而现出原形。客商老张最欣赏楚沐雨的青花瓷，他认真地说，小楚，以你的画技和对青花的理解，只要你肯屈就于传统，专事临摹，你将财源广进啊。楚沐雨看了看老张，也认真地说，老张，你也知道，我画青花不只是为了谋生，否则我有更好的谋生手段。老张叹了口气，离开了他。

就这样，古镇的小巷里有一个古怪而执著的画匠，画一些卖不出去的青花瓷。人们经常可以看到他坐在小店的深处，手执画笔，他的身边堆着形态各异的瓷胎，他的眼神专著地盯着面前的瓷胎，目光中充满疼爱。这种专注的目光感染了身边的小学徒，还有一位叫柳青的姑娘。

柳青是偶然到古镇游玩的，她因为楚沐雨对瓷胎这种专注的目光而爱上他，后来又因为不堪忍受他这种目光而离开他。他们相守了不长不短的三年，三年里，柳青说过三次相同的话，她说，楚沐雨，你的眼里没有任何人，只有青花。第一次，柳青是调侃的口气，楚沐雨淡淡一笑；第二次柳青带着一些淡淡的叹息说，楚沐雨也淡淡一笑；第三次柳青铁青着脸说，声音冰冷而绝望，楚沐雨还是淡淡一笑；柳青咆哮着说，楚沐雨，我受不了你了！

柳青在一个雨天突然而来，又在一个雨天突然而去。楚沐雨好像没有任何变化，他的身体姿态没有任何变化，他的专注表情也没有任何变化。变化的只是他的容貌，好像一夜之间鬓角就出现了白发，小学徒看得触目惊心。

楚沐雨依然在画那些没有人问津的变异青花瓷，不再当街坐在小店内，而是关起门来作画，十天半个月不出来，只唤小学徒送饭进去。楚沐雨说他要画一幅平生最伟大的青花瓷，就如闭关修炼的武士，前台的一切都交给小学徒打理。半个月后，小学徒突然听到室内传出一阵得意的大笑，急忙推门进去，看见楚沐雨披着头发，手执画笔，近乎疯狂地大笑着，突然一口热血喷出，楚沐雨的笑声戛然而止。

几年后一次大型的瓷文化比赛展会上，一只硕大的青花瓷瓶在比赛中最终胜出。枝蔓缠绵的青花，似乎像一个女子的婀娜体态，依然是那种妖艳的青紫。专家学者说这种大胆的画技既有传承又有创新，实在是难得的佳品。专家学者们辗转寻到原青花瓷原创工匠，店内只有小学徒孤身一人，那些无人问津的青花瓷怨妇般地被蒙上一层历史的烟尘，小学徒已经长成大男孩，他端坐店内，手执画笔，很有艺术家的风范，他在樊家井这一带颇有名气，画的仕女图颇为畅销。

# 蛇 惑

他一袭白衣地站在我面前，背景是沸沸扬扬的尘世间，隔着500年的时光，他的面容熟悉依旧。

当时我曼妙的身姿盘旋在铁笼内，通体碧绿的身体吸引了无数的眼睛，但因为价格不菲，许多人都只是从我面前走过。

但是他停下来了，停在肮脏的菜市场旁边的这只铁笼边面前，他一尘不染的白衣和身后的黑色小车告诉我，他永远只是这里的过客而不是主角，所以我们的相识是一种注定，是五百年前的预谋。

要不要我帮你杀掉？农夫讨好地问他。

不必了，但是你应该送我一件安全的工具。他说话很温和，一口洁白的牙。

那你把这个笼子提走好了，农夫又讨好地说，这么漂亮，是舍不得杀掉。

我居然会毁在这个粗俗的农夫手上，真是一件丢脸的事，当时我正在修炼，有些走火入魔，我被逼化成原形，居然撞在这个大胆的农夫手上，为他换来了一笔可观的收入，当然，他正在读大一的孩子很需要钱。

我被他提在手中，我闻到他身体里散发出熟悉的气味，焦躁不安。

我应该把你送到哪里去才合适呢？他在车内很专注地望着我，然后突然笑了，他开车来到他居住的小区，那里有一片茂密的竹林。

这里是属于你的世界，去吧。他说着打开了铁笼，我像一尾消失在大海里的鱼，但我没有忘记回头看他一眼。

寂静的竹林里，我很快恢复了元气，我从竹林里走出来的时候，一袭青衣将我装扮成人间绝色，我沿着繁华的大街走向西湖，旧地重游，却物是人非，往事在断桥边慢慢浮现，当我的青锋剑指在他的喉间，姐姐肝肠寸断，世人只知道他们缠绵悱恻的爱情，谁知道我甘当丫头为何般？性如烈火的我岂是惧怕她多我五百年的修行，只因为当初西湖避雨，他的一把雨伞不但俘获了姐姐的芳心，也让我恋情暗结。

我暗恋了他五百年，这是世人没想到的事情，由于他们的恩爱，我对他的爱意不敢有丝毫泄露，直到那场世人皆知的悲惨结局，姐姐被压于雷峰塔下，我遁世于深山。

我似乎注定是第三者，他喜爱的女子也钟爱白衣，他们恩爱有加，他们经常在小区的景区里优雅地散步，她的脸上展现出的幸福让我妒忌，我突然想吐出信舌，在她的脖间轻轻一咬，只需这么轻轻一咬，她就会香销玉殒。

但是我没有这样做，我走过他们身边的时候，愁肠百结而又风情万种地瞟了他一眼，我看到他眼神里瞬间点亮的火苗，我感到有机可乘。我轻轻地将一方纱巾丢落于地，果然，他利用拾纱巾的机会和我套近乎，他问我手机号，这种玩意，我自是没有。我只有嫣然一笑，我告诉他我每天会去江边，我知道他的姓名，他果然姓许。

我和他在西湖边相约，在断桥流连，我以为断桥会唤起他的记忆，然而没有，他只是很渴望去和我开房，一次次在我耳旁低语，他不是以前的许相公了，他有着现代男子的通病。在宾馆的床上，我蛇一样地缠绕着他的身体，而他在我身体面前一次次地兴奋，然而，我和他只能在宾馆里，我们的每次约会都是为了挑逗对方的身体，我知道，他给我的爱只限于这方局限的空间，我不满足，于是我设计出一起"捉奸"事件，在下一回宾馆里，他的白衣娇娘堵住我们时，我饶有兴致地看着满脸绯红的他。

我以为我可以用我的青春和美貌战胜他的白衣娘子，战胜他牢不可破的家庭。但是他白衣娘子很温柔地对我说，这是不可能的，他只是一时迷路的孩子，因贪玩而忘记了回家，男人大多是这样，我是他家里一面永远的旗帜。我不服，我要他作出选择，结果他挽着他的白衣娘子毫无愧色地从我面前走过。

我只有在西湖边运用我的法力，我要用当年水淹金山寺一样让西湖水卷起惊涛。我在西湖边上狂舞，但是我的行为引来一群穿白衣的人，他们对周边的人们解释说，这个女人因为丈夫扔下她和孩子跟小三走了，一气之下得了幻想症和失心疯。我在被他们拖上车的时候还不忘对周边人群大喊，别听他们胡说，我是五千年前的青蛇，我爱我家的许相公，我不是小三！周围的人们扔下同情的目光，而身边的西湖则永远沉默。

# 寄 生 蟹

　　唐小琪带着无比的锐气来到漂城，却被接二连三的职场碰壁搞得焦头烂额。在人才市场，楚奇注意到了唐小琪的稚嫩，微笑着对唐小琪说，丫头，刚从校园出来的吧，漂城并不好混哦。一句亲切的"丫头"拉近了唐小琪和楚奇的距离。楚奇说社会经验都是从无到有，不过漂城不会耐心地给你这个过程，楚奇给唐小琪传授了不少面试必备的知识与技巧，让唐小琪受益匪浅，而且立即从实战中获益，她很快就找到一份比较满意的工作。

　　楚奇就这样不动声色地潜入了唐小琪的心灵。她每天都要在手机中翻出楚奇的号码，每次都想给他打电话，却一次也没有去实现，终于有一天她忍不住了，给楚奇拨了一个电话。唐小琪想，如果电话响过三声对方还没有接听，她就挂掉且将这个电话删除，但恰巧三声过后手机里传出楚奇的声音：丫头，有事吗？唐小琪的心里涌出一股暖流，还有一种宿命的感觉！唐小琪在电话里大声说，楚奇，我想请你吃饭，你是我在漂城遇到的第一个好人。

　　楚奇准时地赴约，这是形式大于内容的晚餐。饭后，两人都有些微醉，楚奇托着唐小琪的细腰，深情款款地问她要去哪里。唐小琪说你去哪里我去哪里，楚奇看了一眼唐小琪，下了决心似的，将唐小琪带回自己的住所。

　　唐小琪伏在楚奇温暖的臂弯里，她觉得一切都这样自然而来。楚奇捏了一下唐小琪的脸：丫头，不瞒你，我是有家的人。唐小琪"咯咯"笑着说，早看出来了，这么大年纪若还没有一个家，那你该有问题了。唐小琪说，我不索求什么，这样挺好。楚奇说，那你搬过来住吧，这么大的房子我一个人住，有点可惜。

　　唐小琪搬过来的时候发现屋内多了一张床，楚奇笑着说，为了掩人耳目。其实这张床自从买来后就空着，但愿永远空着，唐小琪想。

后来，唐小琪换了一份工作，这份工作薪水高而且时间充裕，这样，唐小琪便可以从容地为楚奇准备一日三餐。唐小琪想，喜欢一个人，原来就是想为他做一日三餐，但即使是这样简单的想法，其实也不能如愿。

那天，唐小琪手里提着青菜和楚奇爱吃的海鲜，在门外就娇声地叫着楚奇的名字，但开门的却是一个女人，她身上系着唐小琪平时系着的围裙，俩个女人的目光纠缠出一些疑惑，唐小琪迅即明白了，她脆生生地叫了一声嫂子，女人也让出门来笑着说是小琪吧。这时楚奇从两个女人当中探出头来，尴尬地笑着。

她来得很突然，所以没来得及和你交代，你和她怎么说的。楚奇找了一个恰当的机会悄悄地问唐小琪。我说是合租的房客。唐小琪说，楚奇亲了一下唐小琪的脸说，真有默契，我也是这样和她说的。唐小琪心里流过一丝伤感，她现在的心境真是宛如一个陌生的房客。

王琴来了，唐小琪失去了做家务的权力。月底，唐小琪一本正经地给楚奇算房钱和饭钱，当然是当着王琴的面。楚奇利用时间差和唐小琪偷了一回，缩手缩脚远不如以前坦然，唐小琪突然厌恶起自己来，她对楚奇说，要找个朋友。唐小琪真的去寻找她的感情去了，可无奈进入不了状态。楚奇的温暖和宽容已经成了她拒绝他人的一只拦路虎，唐小琪痛苦地对楚奇说，我失去爱别人的能力了，我感觉我就像一只寄生蟹，心甘情愿躲在你爱的螺蛳壳里不愿出来。楚奇看见唐小琪颈间挂着一个亮晶晶的东西，转移话题问是什么，唐小琪说是琉璃。她托着那只似虾似蟹的动物造型说，看清楚，这就是寄生蟹。

王琴在的那一段时间里，唐小琪小心地隐藏着和楚奇的关系，但王琴毕竟是一个女人，她看出了端倪却又不说，像个姐姐似的对唐小琪关照得无微不至，闲暇时给她讲老家的那片农田和她的两个孩子，唐小琪看着王琴那双粗糙的手，心里一阵阵泛酸，也就是那一刻起，她在心里下了了断的决心。

唐小琪说单位组织去拉萨旅游，她笑着问楚奇要带什么东西，楚奇想了半天，说，给我带一把藏刀吧。隔日，唐小琪整理行装，几乎将所有的东西都装进她的行李箱。楚奇感觉她这是在搬家，唐小琪说那里天气复杂，什么都得带上。唐小琪一去便没有再回来，打她的电话也是空号。一个月后，楚奇突然接到一个陌生的电话，打电话的是唐小琪的同事，说是在唐小琪的遗物中翻出这么唯一的一个电话。遗物？楚奇吃惊地前往，果然看到一堆唐小琪穿过的衣服，衣服里面有一把藏刀！楚奇握着那把藏刀，忍不住当场落下泪来。

楚奇想问个明白，同事说唐小琪失踪了，她没有和单位的人一同回来，而西藏那边则报道了一个汉族女孩遭遇车祸的消息，这些遗物，就是拉萨的交警部门寄过来的。唐小琪的社会关系非常单纯，她是个从小让人遗弃的孩子。这也是楚奇第一次知道唐小琪的身世。

后来，楚奇也去了一趟拉萨，在八角街，楚奇看到一个和唐小琪长相酷似的藏家姑娘，着一身花花绿绿的藏服，站着街边卖饰物。楚奇脱口叫了一声"丫头"，那姑娘迷茫地看着他，用一口生硬的普通话问楚奇买点什么。楚奇在琳琅满目的饰物中突然看到一只似虾似蟹的琉璃工艺品，他知道，这种动物叫做寄生蟹。楚奇的心里泛起一阵阵的隐痛。

 # 金 丝 雀

夜色渐渐弥漫了整个漂城，阳台上那只焦躁不安叫着的金丝雀终于鸣金收兵。欧阳笑笑站在长长的落地窗前，看着灯光变幻不定的漂城，而那只金丝雀让夜色隐藏了它鲜红的羽毛，它安静得像已经死去。

这只金丝雀是马明豪一个月前买来的，他怕欧阳笑笑太寂寞，所以买了这样一只漂亮的鸟儿来陪伴她。这只金丝雀在刚来的几天里显得挺活跃，在尺许见方的小笼子里跳来跳去。但不久它就表现异常，也许是屋里整天的死寂给了它一种焦虑，它开始在笼子里上下扑腾，似乎想摆脱这种狭小的空间，欧阳笑笑知道它是厌倦了这种环境，它关在这里才一个月就忍受不了，欧阳笑笑佩服自己竟然坚持了两年的时间。

其实，当初选择做马明豪的情人，欧阳笑笑并没有想到太多，她甚至想不到马明豪会选择自己。欧阳笑笑姿色平平，在漂城混得不好不坏，和马明豪认识是在一次商务酒会上，他对欧阳笑笑一见倾心，拼命地追求她，让她有些意料不及。那时，工作的紧张还有职场的勾心斗角让欧阳笑笑感到前所未有的紧迫，她想换一种生活方式，马明豪宽厚的肩膀便成了她的避风港。每天守在马明豪给她准备的房子里，过着安逸舒适的二奶生活，一开始欧阳笑笑有一种成就感。但马明豪只会在周末才过来春风一度，有时因为应酬便不过来。马明豪在漂城有家，所以不敢做得太放肆，欧阳笑笑在漫长的等待中渐渐感觉到空虚，现在，她不用去职场打拼就可以过着舒适的生活，可是她反倒时常怀念以前的职场生活，甚至那些职场中的争斗也成了津津有味的回忆。欧阳笑笑渴望回到从前，她想，马明豪再来，就跟他摊牌。她不想做一只关在笼子里的金丝雀。

马明豪的宝马车悄无声息地开进了小区，欧阳笑笑听到他上楼的声音，接着他开锁进来。她有些期待，有些紧张，就像第一次面对他。马明豪倒没有觉

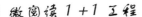

察出什么，他依然保持着对他的热情，两人亲热了一番，欧阳笑笑欲言又止，马明豪终于看出一些端倪，问她有什么心事，欧阳笑笑不回答，神情忧伤。

我知道我来得少，但我确实分身乏术。马明豪一脸歉意。

是我自己的原因，并不是你做得不好。欧阳笑笑说，也许我不适合做情人吧。

你想结束？

欧阳笑笑不答，但坚定地点了点头。

马明豪叹息了一声，他说如果你觉得结束这种生活你会快乐，那你离开我吧，不过你想通了随时可以回来……我对你是有感觉的。

欧阳笑笑没想到马明豪会如此有风度，离开居住两年之久的小区，她就像一只挣脱牢笼的鸟儿。她又信心百倍地返回到人才市场中，首先她必须给自己找到一份工作。但是漂城依然是这样的残酷，漂城出现了更多年轻的求职者，他们更善于推荐自己，而且将工价压得更低。欧阳笑笑并没有找到十分体面的工作，职场的勾心斗角依然，欧阳笑笑接连换了几份工作，每次都做不长久，不是她忍受不了公司，就是公司忍受不了她。

你连这样的小工作都做不好，你不是娇娇小姐。上司不客气的斥责，同事的奚落与嘲笑，背地里的挑唆，欧阳笑笑忍无可忍，自然她只有高姿态离开。

难道做了情人，真是不适应职场生活了？欧阳笑笑迷茫地望着漂城，她感觉自己犹如漂城的一片树叶，找不到自己固定的归宿，只能随风飘荡。

一只红色的鸟儿在街上凄惶地飞着，欧阳笑笑眼尖，看出是曾经陪伴过自己的那只金丝雀，也许是自己离开了那个家，马明豪也将它给放了？可是，这只金丝雀好像生活得并不好，它贴着街道飞行，专门在人家的阳台前绕缭飞舞，好像它现在非常急切地希望有一个空鸟笼能接纳它，好结束它这种漂泊不安的生活。但是它现在变得如此狼狈，红色的羽毛脏兮兮的，它在每一个阳台前都遭到追赶，不受人待见。人们把它当成一只野鸟。

欧阳笑笑联想起自身，她想到马明豪的话，或许还有一只空鸟笼在等待自己，她发现自己不知不觉地走到了以前居住的小区。欧阳笑笑翻出马明豪的手机号，她庆幸自己还没有删掉他的号码，但是她刚拨出号码就心慌意乱地挂掉了，因为她看到马明豪的宝马缓缓地开了过来，欧阳笑笑扬手招了招，马明豪分明看到了欧阳笑笑，却视而不见，他的车从欧阳笑笑面前轻捷地驰过，欧阳笑笑看见马明豪的右侧坐着一个十分年轻的姑娘，白衣黑裙，一脸的风情之色。

# 唇　印

　　大家都叫她小樱桃，女伴这么叫她，老板这么叫她，客人也这么叫她。

　　所以小樱桃不记得自己以前的名字，就算记得了又有什么意义呢，也许她生来就应该叫做小樱桃，生来就是吃风尘饭的。

　　小樱桃记得她是从一家被拐卖的家里逃出来的，她被一个看起来很热心的女人拐卖到深山里给一对兄弟俩当妻子，说是他们兄弟俩的发泄机器也不为过。那兄弟俩有用不完的力气，白天用在山林里，晚上用在她身上，小樱桃从那里逃出来之后就决定忘掉以前的名字忘掉以前的耻辱，她在都市里晃荡了许多天没有找到合适的工作，就径直走入一家美容城。

　　每个按摩女都有一手不外传的绝活，这绝活不是她的按摩技巧而是她留住客人的本领，来美容城的客人不在乎按摩技术，醉翁之意不在酒。小樱桃不算十分漂亮，可是她的嘴唇分外诱人，像五月天的野樱桃，红嘟嘟的。她坐在女伴中本来不出色，但是她红嘟嘟的小嘴独树一帜，眼尖的客人总是先挑走了她，她好看的唇形非常引诱男人想入非非。

　　小樱桃留住客人的绝招是她的唇印，每当客人起身告别，小樱桃会很认真地在客人胸前留下一个唇印，像一颗亮晶晶的小红心一样挂在客人胸前，然后伸出纤纤小手轻轻地划一个圈，哈一口气，不舍地跟客人道别：下次还来呀。客人出门后当然都要将这颗小红心擦掉，不然回家就麻烦了，但是他日心里蠢蠢欲动时，本能地想到小樱桃，想念她红嘟嘟的小嘴唇。女伴们表面上姐妹长、姐妹短的，实际上明里争暗里抢，客源也就这么多，这又是一个竞争的社会，每个人没有一点绝活怎么行呢？

　　小樱桃以为她失去爱上男人的能力了，可是没有，她爱上了她的客人，原因很简单，客人露出前胸给她看，你看，你很久前留下的唇印，我还舍不得擦掉呢，并因此没有洗澡。客人说。小樱桃的回头客多，但是她从来没有看到过客人会带着旧时的唇印来找她，他们只是来让胸前再戴一枚新的樱桃

勋章回去。因为自己的唇印，小樱桃一下子爱上了他。

　　小樱桃爱上了这个看上去有些落魄有些憨厚的男子，姐妹们也都知道她爱上了这个男子，那男子每次来都指定小樱桃，有时小樱桃还在接待别的客人，那男子就坐着等，别人无法勾走他。姐妹们都知道他们两人是在相爱，老板后来也知道了，还知道那男人每次都不必付钱，甚至坐台费都是小樱桃垫的。老板不止一次地跟小樱桃说她是商人，不是慈善家，即使要做慈善事业也不要捐给欢场中的男子。老板是个徐娘半老的女人，她真是看破红尘了，但是小樱桃听不进去，她正在热恋中，怎么能听得进逆耳之言呢，为了不让男人等她，她在三天前就不接任何客人，为此少了很多收入，可这对她算得了什么呢，她只在意她的心上人，痴痴地等着他一月二次的约会，每次临别时都认认真真地在他胸前留下樱桃般的唇印，现在她只在男人的胸前留唇印，别的客人不再享有这种待遇。男人曾对她许过愿，等他日子好一些就把她从这里接出去，他们要过正常夫妻的生活，小樱桃相信他说的这一切，因为她看出他现在的落魄，也看出他在努力，一个肯上进的男人是值得相信并且爱恋的，小樱桃对自己的未来充满了信心。

　　现在女伴都愿意相信他们两人是在恋爱，因为他们在一起已经有相当长的时间了，姐妹们不再私底下笑小樱桃傻，而是羡慕和妒忌她，就连老板娘也默认了。男人来时她们对他都很客气，不当他是客人而当他是朋友。可是他却突然不来了，再也不来了，他没有来的那些日子里，大家小心翼翼地看着小樱桃，小樱桃一开始没事人一般，终于有一天小樱桃把她的"百宝箱"哗啦啦地倒在姐妹们面前，疯了一般地笑："那家伙以为我只有十万元的身家，我小樱桃做了这么多年只赚了这一点点吗？如果他再耐心一点还可以从我身上榨取到更多的油水，他太急功近利了。姐妹们看好随便挑呀，这些首饰可都是货真价实的真货色呢。"

　　美容城永远是不寂寞的，旧的女孩走了，新的女孩又来了，旧的客人离去了，又有新的客人补上，女伴们在接客的空闲也会聚在一起看电视，电视里正在播放一则认尸启事呢，播音员用毫无表情的声音报道本市东山林上的一具无名男尸，因为没有任何可以证明他身份的东西，播音员说出了一个特征，说尸体的胸前有一个樱桃形状的唇印，女伴们大呼小叫着"小樱桃！小樱桃！"叫了一阵子她们突然都噤声了，呆呆地望着都市里的霓虹灯变幻着五光十色的美丽。

# 车票与半个苹果

李刚和小倩相爱的时候，缘于一沓车票。

李刚和小倩其实早就认识，是同学，只不过李刚在高中那年参军了，临走的时候，李刚以同学的身份大大方方地向小倩告别，同年小倩考入了一所高校，两人保持着一种若即若离的交往，间或打电话，说长道短，偶尔也在网上聊天，维系着一种友情的关系。质的改变是那年暑假，暑假小倩在一家超市打工，李刚利用探亲假期专程去看她，她很讶异，却也高兴，两人在一起度过了快乐的七天，返回部队后李刚就给小倩打电话，在电话里鼓足勇气表白了对她的爱，这也正是小倩期待的一个电话。

后来，李刚退伍回城找到了一份工作，而小倩也毕业了且在当地找了一份工作，马拉松似的恋情在两个城市之间穿梭往来。李刚有时间就坐车去看小倩，小倩有时间也坐车来看李刚。只是李刚不知道每次回去后小倩都小心收藏好往返的车票，这是小倩的一个小秘密，虽然恋人之间什么悄悄话都说，她没有给他说车票的事，小倩不知道的是每次李刚回去后也小心收藏好往返的车票，他也没有对小倩说。

虽然只是薄薄的一张车票，经过五年时间的积累，也有厚厚的一摞了，小倩时常把玩着手中的车票，缠绵着心里的相思，却不知道远方的李刚此时也在默默地欣赏着手中的车票，像欣赏着远方的爱人。小倩生日那天，李刚来给她过生日，小倩忍不住，说给他看一样东西，她把那些车票掏出来，展示在他的眼前，李刚的眼睛湿润了，他说我也给你看一样东西，说着他也掏出一沓厚厚的车票，俩人默默地对视良久，李刚一把抱住小倩说，做我的妻子吧！这一晚，李刚留下了。

小倩果决地放弃了大城市那份薪酬不薄的工作，回小城安心地做了李刚的小娇妻，相爱是两个人的世界，结婚后却必须要面对李刚的家人——也就

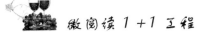

是他唯一的寡母。小倩进门第一天就从他母亲那冷漠的眼神中猜出以后婆媳关系的紧张，果然，李刚的母亲百般挑剔，针样大的小事也唠唠叨叨，所以小倩不可能做得好。小倩在一个没有束缚的家庭中长大，不谙世故却又张扬，婆媳之间潜藏的暗流风生水起却又波澜不惊。事情的突变缘于一个苹果，有一次，小倩把一个吃到一半就不想吃的苹果随手扔了，她不知道这半个苹果是根导火索。

婆婆手里举着她吃过的半个苹果大做文章，质问小倩为什么不吃完，小倩说不想吃了，婆婆"啪"地给了她一个耳光，"红颜祸水能亡国，你会败家，这个家容不下你了！"小倩从来没受过这般侮辱，立马推了婆婆一把，这下捅了马蜂窝，婆婆立即将自己抓了个披头散发，在李刚面前哭诉了小倩的种种不是，末了，她对儿子说："这个家有我没她，有她没我，你看着办吧。"

李刚自小便将母亲的话当圣旨，母子俩相依为命有着一种别人不理解的骨肉亲情，他拿着半个苹果质问小倩。"不就是半个苹果吗？"小倩不以为然地，甚至还想在他面前撒一个娇。李刚冷冷地看着她："我就这么一个母亲，你一进门就和她闹矛盾，你居然还打她，你知道她是怎么把我带大的吗？我们离婚吧。"

小倩以为李刚说的不过是一句气话，她根本不相信半个苹果就可以打败五年的爱情，可事实如此，李刚开始在家里摔东西，小倩却觉得比打自己还难受。冷战结束，小倩没有说什么，在离婚书上签了字，她没有要这个家里的任何东西，却留下一些东西，那些车票！

小倩走了，李刚的心也空了，他天天对着那叠车票，还有那半个苹果，像思索一道不可解答的难题，也像两道截然不同的答案。母亲非常开心，进进出出都哼着歌，李刚从母亲的眼神里突然看出来，母亲可能不允许任何一个女人来分享她的母爱，李刚打了一个冷颤。

第二天，母亲做好了早餐去叫李刚的门，李刚不在，屋子空着，还带着新婚的蜜意和苍凉，桌子上放着一叠车票和半个苹果。

# 梦幻美人鱼

年少多金的安雅注定是这世界的宠儿，可是他的爱情却十分贫乏。虽然身边美女如云，但安雅认为没有一个人是了解他真正冲着他的人品来的。安雅对爱情十分挑剔，挑着拣着就成了钻石王老五。

安雅一直固执地认为爱情和物质是不挂钩的，可是当他的事业如泡沫般的消逝后，他身边的美女也悄悄流失。贫富转换在现代社会并不奇怪，安雅也不在意，因为他还拥有他最钟爱的一间水族馆。

安雅是听《海的女儿》长大的。美人鱼坐在海边，夜夜唱着忧伤的歌……母亲舒缓的语言给他烙下深深的印痕，安雅看着年轻漂亮的母亲，觉得她也像条美人鱼。

母亲和父亲经常争吵，他们的婚姻很快就解体了。母亲消失在安雅的世界，美人鱼的传说却植在他心田，夜夜不去。因此当他有自主能力的时候第一个念头就是开一家水族馆，但他在经商方面是个白痴，父亲留下的遗业都让他弄垮了，只留下这家水族馆。

水族馆的收入还是可观的，因为有美人鱼表演，美人鱼在水池里忧伤地游来游去，吸引着游客的眼睛。池水源自蔚蓝色的海水，在海滨城市这并非难事。

水族馆全日开放，但美人鱼却只表演两个小时。安雅兴致极好的时候也会跃入水中，和美人鱼一同游弋，上演王子和公主的追逐。更多的时候安雅是盯着水中游弋的美人鱼，那是他的全部爱恋，幻想和忧伤。

美人鱼上岸之后就成了尹小依。

尹小依摘去金色的发套，除下腰部以下的尾鳍就是常人。尹小依是来自异地的打工妹。

水族馆其实就是这么一位老板和一个雇员。所以尹小依除了两个小时的美人鱼表演，其他时间就在水族馆打杂，身兼数职，包括导游和讲解员。也可以说，如果不是尹小依，在经商方面近乎白痴的安雅，最后的水族馆也保不住。

但是安雅在音乐方面是个天才。他会吹笛，完全是无师自通。当美丽的美人鱼在水底游动，他的目光痴情地盯着她，然后坐在旁边吹笛。欢快的笛声有一种无限的眷恋和拂不去的忧伤。

安雅爱上了人鱼姑娘，但没有爱上尹小依。因为尹小依从水里上岸后，安雅就收回了痴情的目光，再看她时，就像老板看下属。

一天，尹小依打电话说她有些不舒服，没有来上班。水族馆的美人鱼表演取消了，那些特意来看美人鱼的人略有些失望。快到下班时，水族馆已经悄无人迹。这时水池里突然传出一阵"哗啦啦"的水声，安雅看见一条美人鱼正在自由游动。安雅感觉奇怪，尹小依不是请假了吗？

安雅大叫着尹小依的名字，可是水池里美人鱼没有理会他，并且有些惊慌失措。安雅若有所思，突然跳下了水。

这是一条真正的美人鱼！

也许她是随着海水误游到这里的，不管什么原因，这都是天意，安雅心情无比激动，他把这条美人鱼领回了家，在家里做了一个很大的水箱。他每天守在美人鱼面前，给她牛奶和西餐，他要和她诉说绵绵情意，听她唱忧伤的歌。

可是这条美人鱼只是有着受惊的眼神，她不吃东西，也不会唱歌，她对安雅的爱恋毫无知觉，对他的笛声无动于衷。她一天天在憔悴，才一个星期她就奄奄一息了，安雅知道如果不把她放回大海，她很快会死去。

安雅抱着奄奄一息的美人鱼，伤心欲绝。这是他幻想中的爱，他终于拥有了他梦中的一切，可是随着这份爱的来临，痛苦也来临了。安雅不想让美人鱼就这样死在他的怀中，况且这份爱也是他一厢情愿，美人鱼根本不懂得人类的感情，她不过是一只海洋动物。

安雅把美人鱼重新放回了水族馆，他看到美人鱼一点点地消逝在通向大海的隧道，他望着空荡荡的隧道，感觉自己的心也同样如此。

又一阵拨水声将他惊醒，安雅看见那条美人鱼去而复来，安雅心里一喜，却又一伤，因为他看清这一条美人鱼是尹小依装扮的。

尹小依又回来了。

尹小依游回到岸边，对安雅说，安雅，你把我抱回家吧。

你自己把尾鳍除下来就是了。安雅有些不耐烦地说。

除不下来了，我去做了整形手术，我已经变成了一条鱼。尹小依说。

为什么？你为什么这样做？安雅惊奇地看到尹小依的下体已经粘连在一块。

尹小依笑了，笑得甜蜜而忧伤。

安雅就在这种笑容中惊醒了，同时让他醒的还有一串手机铃声。

是尹小依打来的，安雅恍然想起，今天是他和尹小依订婚的日子。

# 扔鞋接客之 N 种猜想

那天下着小雪，是杭州最冷的一个冬天，叶子却着一件无袖无领的雪色长裙，急将将地从夜玫瑰里冲了出来，细高的高跟鞋在冰冷的路面上"咯咯"作响。为了不至于崴了脚，叶子干脆将鞋子甩在路面上，双手拽着长裙的下摆，赤着脚向前冲。

就有路人好奇地问干什么去，答曰：接客！路人惊奇，又暗自摇头叹息，什么时候俪都娱乐城的客人变得这么金贵了？一向矜持的演员完全变成了本色表演？

一辆黑色的小轿车没打着喇叭就这样开过来了。

片断一：叶子跑得急，全然没留心迎面开来的小轿车，车子和人都一时刹不住，做了个亲密接触。

换作平时，叶子一定会将车内的司机骂一个狗血喷头，但今晚叶子只是看了看自己的身体，幸好没真正撞上，只是裙子被蹭了一片泥，叶子对着车内咆哮了一句：你怎么开车的！便继续朝前跑去，她不能让自己的客人半路上被别的演员劫了去，那样她将前功尽弃。

但不久后叶子便一个人悻悻而回，一脸的气急败坏，所幸的是那位司机并未离去，非但如此，手里还拎着她的高跟鞋，笑意盈盈。

即便你不顾惜自己的脚，这双鞋扔了未免可惜。司机男话语幽默。叶子气不打一处来，说都是你这个丧门星，害我……你赔我的裙子。司机男笑着说，这个容易，要不现在就跟我上车去逛超市？叶子说，你还得赔我的客人。司机男说，这怎么赔？叶子说，这个容易，今晚你就做我的客人。

叶子生拉硬拽地将司机男拉进了夜玫瑰，总算完成了一次订位。俩人也就此认识，司机男叫方桃，是个不折不扣的富二代，他不但出手豪阔，让叶子赚了个盆满钵溢，而且下周也不约而来，还是点了叶子的台，又是满堂红玫瑰，让叶子喜上眉梢。

方桃年少多金，举手投足之间尽显雄性魅力，俩人很快打得火热，酒吧内交头接耳谈吐颇欢，叶子最后一次将方桃送走的时候，把自己也送走了，和她同租一室的小姐妹盈盈没有等到她的归来。第二天叶子没有来夜玫瑰上班，晚上盈盈回家的时候发现叶子将自己的衣物都拿走了，桌上只留了一张纸条，没有片言只语，只有一个大大的红心，用胭脂画的。

夜玫瑰的姐妹猜测，方桃是个导演或者星探，圆了叶子的明星梦，这是善意的，大家都有一个心照不宣的想法：叶子做了方桃的小三。

片断二：叶子跑得急，全然没留心迎面开来的小轿车，车子和人都一时刹不住，做了个亲密接触。

叶子"呀"的一声惊叫，随后整个人跌倒在地上，车内的司机慌了，赶紧下车察看究竟。

你不要紧吧？司机男一脸关切。你怎么开车的啊？叶子一脸痛状，挣扎着爬起来。你上哪去？我接客人去。司机男看着这个光着脚在冰天雪地里行走的姑娘，心里涌起莫名的怜爱，说，你这样子还接什么客人，我送你上医院！然后不由分说将叶子抱进车内，车子呼啸而去。

医院内，司机男一脸轻松对叶子说，幸好只是皮外伤，你太冒失了。叶子说你才冒失，你赔我的客人！我今天第一次订到位，却让你给搅了。司机男说，那我做你的客人好了，我叫方桃，你呢？叶子说，我叫叶子，两人就此相识。

方桃是个不折不扣的富二代，他不但出手豪阔，让叶子赚了个盆满钵溢，而且下周也不约而来，还是点了叶子的台，又是满堂红玫瑰，让叶子喜上眉梢。

方桃年少多金，举手投足之间尽显雄性魅力，俩人很快打得火热，酒吧内交头接耳谈吐颇欢，方桃俯身对叶子说，我是个导演，目前在执行星探的工作。叶子笑着说，谁知道，方桃说，我还是钻石王老五，我可以追求你。叶子笑着说，谁知道？

叶子最后一次将方桃送走的时候，把自己也送走了，和她同租一室的小姐妹盈盈没有等到她的归来，第二天叶子没有来夜玫瑰上班，晚上盈盈回家的时候发现叶子将自己的衣物都拿走了，桌上只留了一张纸条，没有片言只语，只有一串省略号，用胭脂画的。

夜玫瑰的姐妹猜测，方桃是个导演或者星探，圆了叶子的明星梦，这是善意的，大家都有一个心照不宣的想法：叶子做了方桃的小三。

片断三：距俪都娱乐城半里地的小巷，有一家新开的小餐馆，小雪是这里的常客，她喜欢喝这家餐馆的汤，汤的味道让她感动且忧伤。

小雪喜欢一边喝汤一边听俪都娱乐城酒吧里传出的歌声，尤其是那家叫做夜玫瑰的演艺酒吧，更是声声入耳。

但是今晚小雪听到厨房里传出歌声，歌声很熟悉，就像小雪每天都听到的，夜玫瑰里有演员唱这首歌。

阿姨，你唱得真好。小雪不知道这个蓬头垢面的餐馆老板娘竟然也会唱这种时尚的歌曲，但叫出口才感到羞愧，老板娘原来相当年轻。但是老板娘唱得太投入，根本没有感觉到小雪的到来，小雪惊奇地发现，老板娘手里举着的代替麦克风的道具，竟然是一根寒光闪闪的拐杖。

事件：夜玫瑰的演员叶子为了接一个客人，被车撞了，大家闻讯赶到出事地点，车和人都不见了，有目击者说肇事者把伤者扶进车子里面，可能是送去医院。

叶子是一个新演员，来夜玫瑰上班还不到一个星期，并没有多少人知道她的底细，只有一个叫盈盈的演员和她略熟，因为俩人合租一套公寓。

盈盈说没看到叶子回来过，但叶子的衣物已全部被带走，桌子上有一张纸条，没写片言只语。

此后，叶子没有再回夜玫瑰，酒吧外只有一双红色的细跟高跟鞋，孤零零地躺在雪地里。

# 翅　膀

关小羽长出了一双翅膀，这双翅膀是他用意念栽培出来的。

暑假了，想好好玩一下的关小羽失望了，所有的时间都被预订、被填充，关小羽依然活动在家与培训班之间。父母临上班前反复叮嘱他在家里要认真练琴，看到那张琴亮着一排黑白分明的眼睛，关小羽心里就有一种烦躁和厌恶。

关小羽拉了拉门，门很坚固，从外面反锁上了，他又去开窗，只看到窗口外那一方天空，家在七楼呢，关小羽双手托腮，像一只困在笼中的鸟。

假如能是一只鸟，关小羽想，那样可就自由了，他看到窗外有白色的鸟飞过，翅膀自由地在空中划着优美的弧线，偶尔也有一两只蝴蝶，绕在窗前自在飞舞，关小羽的心追着蝴蝶的翅膀，一直翩跹到他视线到达不了的地方。

如果我有一双翅膀，我一定像鸟儿一样飞翔，关小羽想。

"如果你想变成一只鸟，你就动用自己全身的力量、用意念让自己成功。"关小羽突然想起他看过的一篇童话。

关小羽心念一动，就盘坐在镜子前，集中意念全身心地默想，默想自己能够拥有一双飞翔的翅膀。

不可思议的奇迹就在这时出现了，睁开眼，关小羽看见自己的双臂正在变成翅膀的样子，他舞动了几下，呼呼生风。

我长翅膀了，我能飞了！关小羽抑制不住心里的激动，他在屋子里绕了几个圈，然后从前门到达阳台，再从阳台上直飞了出去！

关小羽在空中还没忘记最后看了看自己的家，看了看那间他生活了十多年的房间，他现在成为一只鸟，他脱离牢笼了。

关小羽在城市的天空自由而孤独地飞着，没看到一个同伴，他就向郊外飞去。在郊外，他看见一片苍茫的田野，其间有连片的工厂区，几支高高的烟囱利剑一样地插向蓝天。

太阳快要落山了，做了一天的鸟，自由而枯燥，关小羽收起羽毛，落在一棵瘦小的树上，他觉得做一只鸟并不幸福，如果只是整天这样飞来飞去，那也是一件相当可怕的事。

关小羽害怕了，他不想做一只无家可归的鸟，他要回家，他要变回去。

关小羽又从郊外往城里飞，却在鳞次栉比的钢筋水泥的丛林中迷了路，每个窗口都亮着同样的灯火，既熟悉又陌生，关小羽成了一只迷途的鸟。

从此自己将做一只彻底的鸟儿了，将成为猎人的目标，关小羽一阵悲从中来，突然他从一家窗口看到一个熟悉的身影，那是他的同学江晓妍，他大声叫着江晓妍的名字，可是江晓妍只是呆呆地看着他，此刻在她眼中他不过是一只鸟，一只城市中的鸟。

"妈妈，你看，有一只鸟。"

"不许说话，专心练琴。"

关小羽看到江晓妍的面前也有一架钢琴，江晓妍的手指在上面"叮叮咚咚"地敲打着，她母亲可不像自己母亲那样开通，只把他一个人关在家里练，江晓妍的母亲像一个巫婆一样站在江晓妍的身后，手中的棍子时不时地落在江晓妍的身上，关小羽想制止她的暴行，大声地叫着，江晓妍的母亲挥舞着手中的竹鞭，毫不留情地击打着落在窗台上的关小羽，关小羽惊叫了一声，展开翅膀仓皇地飞走了。

关小羽飞过一扇又一扇窗口，还没有找到自己的家，有些心慌意乱，这时他又看到一张熟悉的面孔，他看到班上的小胖正趴在桌上做作业，桌子上堆满各类课外作业，小胖戴着厚厚的眼镜，像一只蜗牛行进在书山题海中，小胖的母亲一脸阴险的笑容，正在用一只肯德基的翅膀引诱着小胖："乖，再做两道题。"小胖望了望散发着诱人香味的肯德基，又埋下头，黑色镜框快要挨到桌面上。

关小羽这次没有叫小胖，知道叫他他也认不出自己来，关小羽又展开翅膀飞在了城市的天空，就在他茫然若失的时候突然看到了父母的身影，他找到自己的家了！关小羽激动地收翅停在阳台前。他想，父母一天没有看到他了，一定非常着急，我要变回去。

可是意外的是关小羽看到屋内有一个长得和他一模一样的男孩正在练琴，他父母在一旁骄傲地欣赏着，屋子里的关小羽看到阳台上的这只鸟，凝神望了一下，又默然地低下头去。

　　屋内的关小羽和阳台上的关小羽又一次目光相撞，片片羽毛纷纷飘落。

　　关小羽就在这时哭了，哭着的关小羽突然醒了过来，太阳依然很亮，窗外的小鸟在展示它们的翅膀，关小羽的面前排列着长长的黑白相间的琴键。

# 太 阳 鸟

秦远是因为音乐开始前的一声喊，爱上了舞蹈《太阳鸟》。

那一声悠长的喊叫，让秦远想到了大山里的故乡，也总会让他在无人的排练厅泪流满面。

秦远担心故乡的父亲，他一个人在陌生的都市求学，已经一年多没回去了，而他昂贵的学费，来自父亲在小煤窑的收入。

小煤窑收入可观，但是非常辛苦而且危险，每当电视里播放哪里的矿难消息，秦远都会心惊肉跳，会下意识地给父亲打电话，当电话里传出父亲沉稳的声音时，秦远才会心安。

秦远知道，因为自己求读于这所学校，父亲才会放下自己原有的乡村教师的身份而去求一份小煤窑的工作。从书生沦落到矿工，秦远体会得到父亲埋藏在心里的那一丝失落，而父亲，从来没有把这份失落透露出来。他总是举着一沓钞票笑呵呵地说，这工作真好，其实我早应该出来，你看村里的人都发了。父亲的笑容让秦远心痛，他看到一身矿工装的父亲已经和村里男人的模样一般无二，那穿着呢绒大衣围着方格围巾书生般的父亲已经飘然远去。

秦远离家时，父亲送了又送。父亲说，陈老师能把你挑中，你真是幸运，你只管好好学，不要管其他，你有舞蹈的天分，像你娘，要是你娘还在……提及母亲，父子二人都默然。

母亲嫁到山村里是受到很多非议的，村里的人根本不相信那样漂亮的舞蹈演员会委身下嫁一个乡村教师，于是关于母亲的绯闻越来越多，越传越邪乎，到最后，母亲似乎和一个都市的娼妓一般无二。她们三五成群地窃窃私语，看到母亲光临便窘然一笑然后麻雀般地四散而去，但那些流言却在山村的天空盘旋不去。母亲短暂的一生充满悲伤可是又无法摆脱，与其说母亲死于伤病，不如说那些流言杀死了她。

母亲逝去后，秦远更加珍惜这一份亲情，父子两人相依为命。但是漂城的陈老师下乡来挑选人才，发现了秦远潜藏在骨子里的那份舞蹈天赋，像个伯乐相中了秦远这匹暂时还没发挥作用的千里马。因为母亲，秦远对舞蹈界的一些东西也有所了解，知道漂城职业技术学院几乎是北京舞蹈学院的人才基地，而陈老师是舞蹈系的顶级教师，被他相中的孩子日后都是舞蹈界的明星级人物。所以秦远是喜忧参半，喜是的前途将一片光明，忧的是从此将离开父亲，父亲则是欢天喜地，将秦远和陈老师送了又送。

　　秦远来到漂城职业技术学院，看到那些高大俊伟的男孩在舞蹈上个个都有自己的独门舞技，心里很惶惑，陈老师抚着他的肩膀安慰他：不用怕，既然你来到这里，这里就会有你的位置。

　　果然，在陈老师的悉心调教下，秦远后来居上。秦远的动作规范而干净，一招一式都传递着中国舞的独特魅力，深得老师们的喜爱，但是在舞蹈《太阳鸟》的人选问题上，老师们之间出现了很大的分歧。

　　《太阳鸟》是陈老师自创的一支舞蹈，要在来年的全国舞蹈大赛中亮相。陈老师每届大赛都拿到最高奖，所以谁都知道谁去比赛谁将提前出人头地。舞蹈班的男孩个个来历不凡，他们的家长纷纷登院长的家门，院长亲自找陈老师谈话。委婉地说出家长们对陈老师独荐秦远的不满。陈老师说，手心手背都是肉，我绝对没有偏袒谁，但《太阳鸟》这支舞蹈非秦远莫属，因为我是按照他的舞蹈特点来设计的。这样吧，我们先来一场内部选拔赛，请院外的老师来做评判，透明度高一些，谁胜出谁上。院长点头表示赞同。

　　于是舞蹈班的男孩个个练习《太阳鸟》，但是选拔赛上，秦远的表现确实让人惊叹，他不但惟妙惟肖地表现了一只鸟的生动体态，更是将舞蹈里的潜在灵魂表现得淋漓尽致。

　　比赛前一个星期，陈老师封锁了秦远的一切娱乐活动，包括手机信息和电视节目。登台比赛前，秦远感觉心里一片恐慌，秦远惶惑地找到陈老师，说，心里很乱。陈老师拍拍他的肩，说，没事没事，这是比赛前的紧张，只要音乐一起，你就会忘记一切而沉浸在舞蹈的世界里。秦远突然说想给父亲打个电话。陈老师震惊的摇摇头说，千万不可，这时候你决不能有任何的念头。

　　看着秦远缓缓地走向舞台，陈老师眼里涌出了泪花，因为他相信秦远是冥冥中感知了什么，所以才会出现心理波动，因为就在刚才，他接到学校的电话，电话里说因为矿难，秦远的父亲已经遭遇不测。

音乐开始前的一声喊，秦远在帷幕后面突然泪流满面，瞬间，他想到了父亲，想到了故乡，想到了山林，想到了冲天而飞的太阳鸟，他在帷幕后面伸展着身体，像一只啄壳而出的鸟儿，穿过道具来到舞台。

太阳鸟啄壳而出，经历了蚕茧般的蜕变，在广阔的天地间吸收新鲜的空气，秦远在宽阔的舞台上欢快地扭臂展胯，完成了一只鸟从出生成长到自由飞翔的过程，瞬间，他感觉自己长大了！

# 且听风吟

一片金色的原野，满眼丰收的景象，有风穿过的田间路上，少年在风中奔跑，在风中舞蹈。对，就这样，大跳，平转……

肖楠耐心而细致地开导着范文斌，并且以身示范，详解每一个动作要领，但是范文斌在一个迈不开腿的"大跳"后，做平转时就像一摊泥似的瘫在肖楠怀里。只是这堆"泥"的分量太重，差点将肖楠压倒，肖楠有些厌恶地把他推开了。

肖楠不止一次地在陈校长面前诉苦，你看范文斌那体型，胖得跟猪似的，他怎么能跳《风吟》这种舞蹈？

如果不是这种难题，怎么能交给你呢，你是《风吟》的原跳。陈校长说，你就多上上心吧。

我教不了！肖楠赌气地说。我也知道你心里的委屈，你就算为了学校，范文斌的父亲给这次赛事赞助了五万，区区这么一个市区赛事，谁能出手这么大方啊，他等于是拿五万块买他儿子的一个奖项啊。

那他跳得再糟也没什么，反正内定的。

话就不能这么说了，我们搞艺术的，总要维持公正性吧，最起码也要上得了台面嘛。

眼里就是钱，还口口声声艺术！肖楠心里不满地嘀咕，可不满归不满，范文斌这事，还得他硬着头皮继续。

肖楠只好又去找范文斌，后者倒是老老实实地在排练厅用功，可是他的动作实在笨拙得可笑，把一个轻盈飘逸的舞蹈糟蹋得面目全非，这可是肖楠当初得奖的舞蹈作品！肖楠是又痛心又厌恶。

范文斌，你喜欢跳舞吗？肖楠耐着性子问。

喜欢。

真喜欢?

真喜欢。

那你肯吃苦吗?

肯!

好,明天起,减肥!你的饮食生活我来安排。

第二天,吃饭的时候,范文斌打了满满一盒子饭,要了二份红烧肉,肖楠不动声色地将他的饭盒拿过来,将饭倒掉四分之三,将红烧肉全部划到自己的饭盒里,只把一拨青菜拨进他饭盒里。肖楠说,这就是他以后的定量。饭后,肖楠又令范文斌做一百个俯卧撑,完事后又带他去操场上跑步。一连几天下来,范文斌撑不住了,这天,他在操场上昏昏沉沉地跑着,一头栽了下去。

一个油嘟嘟的中年胖男人闻讯赶来,嘴里骂骂咧咧:这还是老师吗?这简直是凶手。我儿子是学舞蹈还是学体育来了?这样没人性的老师也配呆在学校里?!

肖楠,不是我不留你。陈校长搓搓手。这事你有些过了,人命关天啊!

没什么,我走就是了。

肖楠被陈校长有礼貌地请走了,范文斌被送去医院抢救,醒来后的范文斌第一句话就是问肖老师。范爸说,让我撵走了。

爸,你怎么这样?范文斌拔掉吊针就要下床。范爸问他干什么去,他硬邦邦地说,找肖老师减肥去!

但是范文斌真的没有找到肖楠,肖楠离开了,范文斌也自作主张地办了休学手续。

五年后,一场全国性的舞蹈比赛,评委席上坐着年轻的肖楠,他庆幸自己当初果断地离开了那学校,否则不可能有今天的成就。坐在他隔席的舞蹈前辈吴老师手拿着一叠节目单对肖楠说,这次有 3 个男生选了你当年的得奖作品《风吟》呢,足见他们对你的崇拜。肖楠微微一笑,他当然知道这 3 个男生,其中有一位还是他没见过面的网络徒弟呢,但是竟然有一个男生的名字叫范文斌,是 5 年前害自己丢了工作的那个胖乎乎的小男孩吗?肖楠有些好奇,又有些期待。

熟悉的音乐响起,肖楠心里荡起一波波温暖。范文斌出场了,长身玉立,纤弱匀称,身穿一件月白色舞衣,举手投足间透出一股轻盈俊秀。

一片金色的原野，满眼丰收的景象，有风穿过的田间路上，少年在风中奔跑，在风中舞蹈，大跳、平转、旋子空翻……一个个舞蹈技巧随意而巧妙地糅合在舞步里，范文斌和着抒情的音乐在舞台上奔跑、舞动，将舞蹈的精髓展现得淋漓尽致。肖楠很讶异，很激动，因为他认出来了。虽然这个男孩变化太大，但正是 5 年前的范文斌！

　　这孩子的身材和对舞蹈的领悟能力，和你当年有得一拼啊。吴老师又凑过身来，在肖楠面前低语。

　　比我跳得好。肖楠认真地说，随即埋头在评分单上打了一个相当高的分数。

　　肖楠知道，跳《风吟》这个舞蹈需要怎么样的功底，肖楠也知道，范文斌要减掉一身的赘肉需要怎么样的毅力，那种滋味只有当事人才能体会，而肖楠是深有体会的，因为他早年练习跳舞也曾是一个肉乎乎的小男孩。

　　肖楠不知道的是，这几年他网络上神交的小舞友正是范文斌。

# 千层底

排练舞蹈《千层底》让赵珂烦不胜烦，一开始是小家伙们争先恐后地抢这个角色，然后是赵珂不厌其烦地纠正其动作和口干舌燥地讲解，并为此急火上攻咽喉发炎，依然不能让他们领会到舞蹈的精髓。赵珂哑着嗓子说，这个舞蹈，我不是要看你们高超的技巧，不是要你们像个蚂蚱似的满台蹦跶，我要的是感觉，是真情流露的感激，感激！懂吗?!

赵珂知道男生班里藏龙卧虎，个个都有一套出色的技巧组合，但他们过于卖弄自己的技巧而缺乏内涵，使这个舞蹈流于平庸和苍白。

战火纷飞的年代，军民的鱼水情深，一双布鞋所传递的崇高情感，对于这些在蜜罐里长大的 90 后，等于是隔世传奇。那段过往的历史，就连赵珂也感觉很遥远和陌生，不过是由于早年教科书里捕捉到的一些零敲碎打的文字，而他，只凭着这些支离破碎的信息，当然无法说服这些刁钻古怪的 90 后。

就送一双布鞋，值得这样感激，这样歌颂和赞美吗，送一双耐克还差不多。

就是，就是。小家伙们七嘴八舌地交流着，像一群不肯安歇的小麻雀。

那么，你们有谁穿过这种千层底的布鞋吗？赵珂手里举着作为道具的一双军用布鞋，话刚出口，赵珂感觉自己愚不可及。

赵老师，肖克穿过！一男生在人群中发力叫喊。

"呸呸呸"，我才没有穿过这种土得掉渣的布鞋呢。理了一个小贝发型且在当中挑染了一绺黄色头发的肖克朝那男生连连"呸"着，且不断地向他翻着白眼。

你就穿过，你刚来学校的时候就是穿着一双布鞋来的，你还说是你妈妈做的。

你妈妈才会给你做这样的布鞋，你才有。肖克脸色血红，两个男生的声音越来越高，就快到升级到武斗。

好的，如果你们谁拿得出一双真正的千层底，这个舞蹈就归谁。我要用一双真正的千层底做道具。赵珂说。话音刚落，肖克"登登登"地跑走了，不一会又气喘吁吁地回到练功房，将手里的一双布鞋塞到赵珂手里，老师你可不能食言，我真有这样一双布鞋，是我妈妈做的。

赵珂不明白刚刚还死不承认的肖克此刻竟然如此痛快，这就是90后的性格特征，为了达成所愿可以不惜一切。包括他们自以为是的虚荣心。

这真是你妈妈亲手做的？

真是。

既然是你妈亲手一针一线做成的，你心里就没有一丝感激？

有什么好感激的啊，这么老土的鞋子，再说，她还不是为了省俩钱？我早就不穿了。她也不替我想想，这样的鞋子，能穿得出去吗？

确实，不能想像打扮前卫的肖克穿上这样一双老土的鞋子是什么感觉，就像不能想象他来自山区一样，城市的生活模式早已侵入肖克的骨子里，他当然不知道，为了他昂贵的学费，山里的父母该要怎么样的努力，他还小，还不懂得感激。

我不会食言，这个舞蹈归你跳，但等你心里充满感激的时候，再来跟我学动作吧。赵珂头也不回地走了。

晚上，肖克找到赵珂。

赵老师，我其实觉得我母亲挺不容易的，她给我做这双鞋的时候，还让锥子扎破了手，只是，我不想让人家看出我是一个山里孩子，我不想让别人看不起我。

你父亲是干什么的？

我父亲在城市工地上做建筑工，我母亲也跟他一起来到城市，她做钟点工。我知道他们都是为我。我父亲要我好好跳，将来好出人头地。所以，我需要这个舞蹈。

但是你心里必须要有感恩，你才能领悟到这个舞蹈，你只有领悟到这个舞蹈，你所有的舞蹈技巧才会充满感情。懂吗？

肖克似懂非懂地点头。

好吧，你先回去吧，等你懂得感恩，等你能穿上那双千层底，你再来找我。

肖克怏怏不乐地往回走，望着他失落的背影，赵珂若有所思。

　　回到家里，赵珂急不可耐地打开箱子，一层层地抽丝剥茧地将衣服拿掉，最后箱底里赫然放着一双黑色的千层底布鞋，赵珂轻轻地捧在手里，突然想起远在千里之外的母亲和故乡，算起来，整整 5 年没有回去了。

　　赵珂慢慢地将鞋子穿上，拧开音响，让《千层底》的音乐在屋内弥漫，赵珂在狭小的房间里舞动自己的身躯，然后在对自己心里说，该回家一趟了。

# 一朵花的微笑

　　张晓龙喜欢摄影，闲暇时喜欢骑着公用自行车穿梭在杭州的大街小巷，把他看到的新鲜的、有趣的生活场景拍摄下来，然后上传到网络上让人共享，按时下时尚的话来说，张晓龙是一个拍客。

　　这天张晓龙骑车来到留下，在风景如画的留和路上，他遇见了花儿。

　　那是公路旁边的一座公厕（杭州城市到处都有这样舒适干净的免费公厕）。张晓龙从公厕出来，看见了花儿，还有她爷爷。原来这儿的公厕还住有人家。爷儿俩就住在不满8平方米的一间小屋里，屋里堆满了杂七杂八的东西，既是卧室又是厨房，其时，爷儿俩正在共进午餐。张晓龙性格外向，问这问那，花儿也不拒生，有问必答。拍客张晓龙这下就有内容可拍了，他把花儿爷俩的住址拍了下来，把他们的生活情景拍了下来，花儿正举着一只馒头，她冲着张晓龙的镜头天真无邪地笑了，然后开始有滋有味地吃起来。张晓龙心里一震，他被花儿的笑容震撼了，这笑容太干净，太阳光，太欢快了，仿佛花儿手里举着的不是一只馒头，而是她心爱的玩具，或者一盒甜蜜的巧克力。

　　饭后，花儿拿出书包，就坐在门前做作业，她做得很认真，每每抬起头，看到张晓注视她，就抬头冲他一乐。张晓龙真是太喜欢花儿了，这个小女孩长得很一般，可她这份纯净的笑容，让人觉得她简直是个无忧无虑的小天使。

　　晚上，张晓龙将这组照片传到了他的微博，配上了一些他感叹的文字，清贫的生活阻止不了天使的笑容，这个生活在留和路上公厕里的小女孩，有着花儿般的美丽笑容。他给这组照片取了一个名字叫《一朵花的微笑》，其中有花儿狭窄的住房，清苦的生活场景，但更多的是花儿各式各样的笑容，花儿的每一张笑脸，都是那样的没心没肺的快乐。

　　张晓龙没想到，这组普通的照片居然在网络上走红了，他的微博被成千

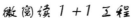

上万的转载，而且引起了媒体的关注，杭州的一家晚报也闻风而动，他们用一个版式报道了留和路上的这座公厕，花儿和他爷爷的生活就这样暴露在人们的视野中。

花儿"被"出名了。整个杭州城都知道留和路上有这样一个快乐的小女孩，她天真的笑容引发了很多父爱和母爱的扩张，他们结伴去走访花儿，他们去的同时也带去了他们的善心。送钱，捐物，一时间，花儿的房间里堆满了各种各样的食品。

事情发展成这样，张晓龙并不知道，因为工作他已有很多天没上微博了，等他再次打开自己的微博时，发现他的微博有不少跟帖，其中有一句留言相当尖锐：你这个混蛋，你把一个小女孩给毁了！

张晓龙迅速地赶往留和路，果然看到有三五成群的市民来这里，他们问长问短的同时也带来了不少物质，有送现金的，有送食品的，爷儿俩的房间已经快成了一家小超市了，看到张晓龙，爷爷像捞到一根救命稻草。

你看这事闹的。爷爷不断地搓着手，孩子都吓着了，现在都不敢去上学了。张晓龙看到花儿躲在屋子的一间，脸上那种天真的笑容荡然无存。

其实我们在这里的生活真的很好，不愁吃不愁穿的，花儿她爹妈虽说不在这边上班，有时间也会过来看望花儿。我们真不缺什么，我们不是乞丐，不需要别人的怜悯！爷爷说到最后，声音里有着些许气愤和无奈。

都是我的错。张晓龙连声说道，他又拿出相机，爷爷看到他拿出相机简直愤怒了，花儿也吓得躲到爷爷身后去，只露出两只惊魂不安的眼睛。

爷爷不要怕，我这次是要弥补自己的过失的，我保证以后不会有人来打扰你们，你还是过着那种平静生活。张晓龙又去了那家晚报社，说明了自己的来意，恳请他们做一个后续报道，也连夜上传了微博，他把花儿最近的忧心忡忡样子的照片一一传了上去。

然后，他在博文里写道：其实每个人都有自己的生存环境，并在自己的环境里活得怡然自在，我相信人性里有本真的善良，但有时恰恰是这种善心和怜悯会让他人受伤，并且不经意地践踏了别人的自尊。

一朵开在自然天地里的野花，才是最美丽的，我们不要惊扰了她，就让她在自己的世界自由地绽放她的美丽和快乐吧！

# 绝　跳

　　李月秋 10 岁那年莫明其妙地出现了恐高症，不久却又莫明其妙地消失了。

　　10 米跳台，一池碧水，10 岁的李月秋站在 10 米高台，突然感觉头晕目眩，双腿打颤，她抖抖索索地扶着楼梯走下高台，面色苍白地对孙教练说，老师，我不敢跳。

　　李月秋之前一直在地面进行模拟训练，这是她第一次上高台。

　　李月秋本来不是练跳水的，她 7 岁那年进体校进行体操训练，面目姣好，体态轻盈，是个不错的苗子，后来教练给她测骨骼，坏了，这孩子能超出一米六！练体操的女孩子超出这高度不容易出成绩，那时他们体校也没有开设艺术体操的专业，于是就让她改练跳水，前几年可以让她攻跳台，待身高长了，体重增了，又可以自然地从跳台过渡到跳板。反正跳水和体操有近似的地方，都需要从小进行舞蹈基训，算是没有误了孩子的前程。

　　李月秋走下高台，孙教练问她怎么啦，她说她怕，孙教练说，别怕，我陪你上去。孙教练领着李月秋重新走上高台，站在高台上李月秋的腿不由自主地抖起来，她说，老师我头晕，我怕。孙教练说，那是心理作用，别怕，孙老师嘴里说着别怕，突然一把将李月秋推下高台！

　　李月秋在空中手脚乱蹬，"嗵"的一声跌落水面，立时水花四溅，引得场下的同伴呵呵大笑。李月秋从水里爬上岸，哇哇大哭，边哭边往外面走。

　　李月秋，你站住！孙教练一声大喝，李月秋不由自主地立住身形。

　　李月秋，摆在你面前有两条路，第一条上高台；第二条走出去。你若选第二条，我马上打电话叫你家里来领人。

　　李月秋闻言怔在那里，想了很久，然后哭丧着脸慢慢往高台移去，孙教练脸上露出一丝不易觉察的微笑。

　　李月秋慢慢地一步步地走上高台，高台上她的腿又哆嗦成秋风中的叶子，孙教练在下面高喊：李月秋，别怕，一咬牙就跳下来了。

李月秋真的紧闭双眼，一咬牙，从 10 米高台纵身跳下，空中她还下意识地做了一个前滚翻。

爬出水面的李月秋脸上还挂着泪痕，孙教练递给她一条毛巾，笑着说，这不跳下来了吗，只是没有一点技术含量。

李月秋挠挠头，不好意思地笑了。

5 年后，李月秋还能清晰地想起她第一次上高台的情景，那个一脸凶相的孙教练已经不是她的教练，他只是她的启蒙教练，李月秋想，自己现在能轻松自若地走上高台，能成为国家队的队员，多亏了孙教练那无情的一推。

国家队队员都是从全国各地选拔出来的尖子人才，为了参加奥运会选拔赛，每个人都磨刀霍霍，参与奥运会是每个运动员心中渴求的目标，而李月秋不仅仅是为了参与，她心中有更高的追求。接手她的周教练说，李月秋，你有潜力，但要想超越所有的对手，必须要有自己的绝招。周教练除了纠正她的空中姿态和入水效果，更是秘密地陪她一起操练一套高难度的动作，而李月秋正是凭借这套动作顺利地入选了奥运会。

奥运会，10 米高台，李月秋从容自若，向前、向后、向内、反身，每个动作都在难度上高人一等，而且动作优美，一气呵成，李月秋以绝对优势摘下这枚奥运金牌！

媒体沸腾了，李月秋的每一个动作都被体育专业评论家赞为精彩绝跳！

很多报刊上都是她跃下高台的精彩瞬间，李月秋却突然发现家乡报纸的一张照片出了问题，因为，那抓拍出的精彩瞬间是个相当可笑的姿势，以她现在的技术水平来说，这是根本不可能的！

这不是自己当年闭着眼睛的那毫无目的的一跳吗？这是谁拍出来的呢？又是谁提供的呢？

这时李月秋突然接到孙教练的电话，孙教练在祝贺之后问她有没有看到那张照片，李月秋说，看到了，却不明白孙教练为什么要这样做，难道有意让奥运冠军丢丑吗？李月秋心头不快地挂了电话。

这一年，李月秋的身体发生了急剧变化，果然开始增高增重，她不得不离开她心爱的跳台，开始改练跳板。李月秋告别了曾经让她辉煌的跳台，突然明白孙教练的意图，孙教练是让她忘记曾经的冠军身份从零开始，想起他的良苦用心，李月秋心里涌起温暖的感觉。

# 冰　缘

　　李欣第一次见到赵雪，是在省体校门口，那时李欣正被国家队退回，心灰意懒。

　　李欣是一个花样滑冰运动员，当时 20 岁，按说正是运动的黄金期，可是因为前一段时间腿伤影响了他的技术动作，别的运动员成绩一下子跑到他前面去了，而国家队永远只需要状态最好的运动员，因此毫不留情地将李欣退回省队。李欣知道，再进国家队几乎是不可能的事情了。

　　李欣第一次看到赵雪的时候，赵雪只有 13 岁，瘦瘦弱弱的一个黄毛丫头，他的启蒙教练黄庆也站在她身边。

　　别气馁，练双人滑吧，我保证还能把你送进国家队。黄庆把握十足地说。

　　双人滑？就算我愿意，有好的女伴吗？

　　喏，黄庆一指赵雪，说，这个女孩很有潜质。

　　她？李欣一脸的轻视，他是进过国家队门槛的，自然瞧不上这个不起眼的小姑娘，赵雪看到李欣轻视的样子闪到黄教练身后，黄庆说什么也不要说，上冰吧。

　　冰场上赵雪随随便便做了几个动作，立即让李欣刮目相看，李欣吃惊她这么小的年纪就有做后外点冰三周跳的能力，而且滑行技术也很规范，赵雪在冰场上像只小燕子一样轻捷。黄庆说，怎么样，这女孩条件很好，你不要错过机会。李欣下了决心似的说，好，我练双人滑！

　　从此，李欣牵了赵雪的小手，两人开始了最初的磨合期。

　　运动员的生活非常枯燥，每天就是训练吃饭、睡觉，食堂、宿舍、练冰场三点一线，花样的青春不肯寂寞，李欣效仿别人也悄悄交往了一个女友，女孩叫吴小琳，练自由滑的，成绩一般。

　　因为是偷偷交往，并没有太多的时间相处，而李欣和赵雪在一起的时间最多。

赵雪训练场上少年老成，她知道她和李欣比还有差距，因此十分刻苦，但终归是个孩子，场外她甜甜地叫李欣哥哥，而李欣也确实当她是个小妹妹，俩人搭档，沟通是第一位的。

　　赵雪喜欢吃冰糖葫芦，李欣经常用冰糖葫芦"引诱"她多练一会，这时俩人已经在搭手练习托举和抛跳的动作，赵雪常常在冰面上摔得鼻青脸肿，李欣只疼在心里，为了尽快返回国家队，他已经拼了。

　　那天吴小琳看到李欣牵着赵雪的手，而赵雪手里拿着一支冰糖葫芦，兴高采烈的样子，吴小琳本来是约见李欣的，见状立即返身，李欣笑话她竟然吃黄毛丫头的醋，吴小琳忧郁地说很多双人滑组合最后都会成为情侣。李欣说我和她没有可能，我们年纪相差太大，她还是个孩子。她现在是个孩子，可是她总会长大，吴小琳说，李欣无奈地望着她。

　　也许双人滑确实适合李欣，李欣和赵雪的成绩直线上升，短短的一年内，李欣已经拿到全国冠军，第二年李欣就进了国家队，这时他和赵雪已经拥有了世界上最高难度的动作，但不幸的是冠军总是与他们擦肩而过。

　　这一年，吴小琳退役了，并且提出和李欣分手，这一年，赵雪也长大了，当初的丑小鸭已经蜕变为白天鹅。

　　李欣和赵雪不停地参加多种比赛，但总是棋差一着，教练说出了惊人之语，他说，你要想站在世界最高峰，必须和赵雪相爱！

　　李欣摇头，他一直当赵雪是妹妹，一直保持着给她买冰糖葫芦的习惯，和她相爱是不可能的，李欣年纪渐渐大了，想谈一个女友，但总没成，女孩说，看到你和赵雪在冰场的表现，感觉自己像第三者。感情上李欣始终很寂寞。

　　李欣问赵雪，说她这么漂亮为什么没有男孩追，赵雪说教练不是叫我们恋爱吗，我等你来追。赵雪说完自己先笑了，然后又正色说，欣哥，不如我们假装恋爱吧。

　　假装恋爱？

　　对，以后你在冰场上应该用恋人的眼神和我交流，我们的艺术表现力一定会上一个新台阶。

　　哦，那么试试吧。

　　冰场上，李欣果然情深脉脉，在音乐的配合下，俩人深情款款，完美无缺的表演最终征服了裁判，这时，俩人已在冰场上磨砺了10年！

此后的 5 年，是他们辉煌的 5 年，他们已经站在世界的最高点，无人抵达的位置，35 岁的李欣在最后运动生涯的完美表演乐结束的瞬间，在观众潮水般的掌声中，单漆跪地，将一枝红玫瑰递给赵雪，这出人意料的一幕，又赢得观众长久的掌声。

28 岁的赵雪含笑收下，眼里的泪水却止不住流下，这个经典镜头被各国记者纷纷收藏。

退役后李欣和赵雪举行了隆重的婚礼，有媒体记者写下重磅新闻：卧薪尝胆，冰坛情侣 15 年。

算起来，李欣从见赵雪的第一天起，就被他们计入了相恋的时光。

# 银　牌

　　肖红是个非常出色的乒乓球运动员，同伴这样认为，教练这样认为，甚至她自己也这样认为。

　　肖红8岁进体校训练，10岁就进入省队，12岁进入国家二队，15岁正式代表国家队出征比赛。肖红聪明、悟性好、训练刻苦，大家有目共睹，但就是这么一个近乎天才型的运动员，除了12岁那年拿了一个全国少年锦标赛冠军，此后再也没染指过金牌。

　　肖红从来拿的都是银牌。

　　前几年，她输给何丽。何丽是队中的老大姐，输给她并不冤，有多少世界名将败在她拍下。何丽退役了，她又输给李爽。输给李爽似乎也说得过去，李爽磨刀多年，而且打球风格近似何丽。李爽终于也退了，李爽退役的时候大家都把目光投向肖红，无疑地，肖红将成为乒坛新一姐，肖红时代似乎终于到来了。

　　但是事实并非如此，全运会上，像是一夜之间冒出来一个叫关萍的女孩，一路过关斩将，最后竟干净利落地将年龄和球技都在最佳状态的肖红斩落马下，肖红又仅获一块银牌！

　　这一次，肖红输得前所未有的委屈，觉得比窦娥还冤。

　　因为关萍只不过是一个15岁的小女孩，而且手脚粗短，身材矮胖，根本就不是一个运动员的好胚子。这么一个貌不惊人的姑娘，非常轻松地击败肖红，肖红当然不服。以她现在的状态，就是何丽再生，李爽重归，肖红也能战胜，怎么可能会输给这样一个黄毛丫头呢，但事实就是这么无情。

　　预料中的肖红时代没有来，倒是进入了关萍时代。

　　关萍在全运会上一战成名，很快便进入国家队，并且和肖红同住一室。关萍性格直爽，一口一个肖红姐，对肖红十分尊重。肖红训练刻苦是出名的，每天总是最后一个回宿舍，但关萍来了最后归来的就是关萍，肖红有时不无醋意地对关萍说，你现在这样威风，还需要如此训练吗？关萍十分认真地说，我先天条件这样差，不努力怎么行？

4年一度的奥运会即将来临，肖红真希望关萍能松懈一些，因为肖红想趁自己在最佳状态拿一块奥运会金牌，这样所有的付出都值得，也打破了流传在队友中"千年老二"这个让人自卑的称号。

关萍为什么不受伤呢，生一次大病也行啊。肖红有时真会这样想，可马上觉得自己这念头太过卑劣，作为运动员，她非常理解且敬佩关萍这种舍我其谁、当仁不让的自信。

奥运会上，肖红和关萍各自守住了自己的赛区，俩人终于相逢于最后的决赛场，这是一场中国人自己的较量，手心手背的竞争，所以教练轻松地坐在观众席上不作任何指教。这一次肖红还是输了，关萍成了最年轻的奥运会冠军！

奥运会后，落寞的肖红一度想退役，申请报告都写好了，但是肖红自己又撕了，她还要作最后一搏，她决不屈服于命运的安排！

又是4年的轮回，4年里，肖红依然输在关萍拍下，依然收获着银牌，但是肖红心中始终有一个信念，坚信自己能在奥运会上战胜关萍。

奥运会前夕，肖红把自己调整到最好的状态，她找到关萍，她说奥运会后她将退役，她说她的运动生涯还没拿过金牌，最后肖红握着拳头说，我已经准备好了，这一次我一定会战胜你！

关萍说，我也希望你能赢，但我决不会有任何松懈，更不会刻意成全，否则是对你最大的侮辱！俩人郑重地击掌。

最后的决赛，肖红和关萍扫掉各自对手又再度相逢，这是让人记忆深刻的一次比赛，俩人施出平生绝学，比赛也跌拓起伏、悬念丛生，打到决胜局才分出胜负，最后的结果，关萍险胜，肖红惜败。

渴望完美的肖红终于还是以遗憾终结自己的运动生涯，肖红递上早已写好的退役申请，最后留恋地望了望熟悉的训练房，然后头也不回地悄然离开了。

后来，肖红成了家且有了孩子，孩子7岁的时候，肖红送孩子学打乒乓球，为了鼓励孩子，肖红拿出曾经比赛得来的银牌对孩子说，好好练吧！孩子，你看妈妈多厉害，获得这么多的银牌，岂料孩子脆生生地说，妈妈我不要银牌，我要拿金牌！

肖红一下子怔住了，逝去的时光潮水般地涌上心头，手中的那些银牌"哗啦啦"地一股脑掉在地上。

月光下，肖红将那些银牌全部摆在桌上，银牌和外面的月光星辉相映，肖红捂着脸，轻轻地哭泣起来，月光如华的深夜，有谁听过奥运亚军的哭声？

# 良家妇女

　　课间休息时，柳莺找到陈艳，期期艾艾的样子。陈艳正在收拾一堆舞蹈光盘，看见柳莺欲言又止的样子，风风火火地对柳莺说，什么事，快说吧，我还有事！陈老师，那《良家妇女》，我不跳了。柳莺吞吞吐吐地。陈艳闻言将光盘往桌上一摔，光盘稀里哗啦地掉了一地，但没等陈艳开口训话，柳莺已经用掉头就跑的态度表明了她的坚决。

　　15岁的柳莺像是一朵欲开未开的花，身材高挑瘦削，俊俏的脸庞又略含风情，是少艺班最出色的苗子，也是剧目《良家妇女》最适合的人选。陈艳找到柳莺反复地做思想工作，说她参加这次比赛后将名利双收，说这是一个绝好的机会，许多同学求之不得，许多家长都削尖了脑袋想走关系都让自己回绝了，但柳莺就是油盐不进，铁了心。陈艳问为什么，柳莺说不想在大庭广众之下裸着后背。陈艳很惊讶，这怎么可能成为素来以胆大泼辣自居的柳莺的理由？你以为我有多开放啊。柳莺脸一红，又扭头跑了。

　　大赛将即，临阵换将，这是最大的败笔，但是没有办法。柳莺死活不干，陈艳只能退而求其次，用苏妍替换柳莺。根据剧目《良家妇女》的场景，舞者在很长的时间内只能穿着小肚兜，没想到平日文静的苏妍很爽快地接受了这个剧目，她说，这是艺术。从一个15岁的少女嘴中能说出这样的话，陈艳突然意识到，貌不惊人的苏妍值得重视，而她将过多精力打造的柳莺毫无预兆地突然间拆自己的台，让陈艳相当不爽。

　　苏妍虽然没有拿到最好的名次，但毕竟获了奖，陈艳心里有些安慰。她又不由自主地想，若是柳莺上台，肯定要拿最高层次的奖，这对学校和柳莺个人来说，都意义非凡。因为，苏妍获奖归来后，突然像换了一个人，她的自信心大增，而且功力也突飞猛进，舞蹈跳得更美了，貌不惊人的苏妍，像一朵迟开的花，开始绽放她的美丽。

你的退出，成全了苏妍。男生班的程磊不无遗憾地对柳莺说，不就是裸着一个后背吗，这根本不是问题，你看看现在的苏妍，整个人都变了。

你要是也觉得苏妍好，就去追苏妍，你跑来缠我干什么？柳莺气呼呼地说。

这是什么话？简直不可理喻！程磊是男生班中的骄傲，也是众多女孩暗恋的对象。但程磊和柳莺，一直让同学们觉得很登对，他们俩也走得很近。陈艳虽然三令五申地强调不可早恋，但她自己也认为，少男少女那朦胧的情感是最美，最让人心动的，但这情感也像弱不禁风的新芽，很容易受到伤害。

柳莺无故的冷落，苏妍则乘虚而入，程磊的心理也发生微妙的变化，同学们很少看到他和柳莺走在一起，而他和苏妍一起练功的机会则多了。次年，在陈艳的带领下，学生们风风火火地赶赴艺术专业考试的旅程，在北方一所著名的艺院招生中，程磊和苏妍不负众望，以优越的成绩拿到了合格证，而柳莺，不知怎么失手了，在做一个常规性的技巧动作竟然摔倒，错失了这所院校。

艺考回来，程磊和苏妍不遮不掩、出双入对攻读文化课，因为只要文化上线，他们一定能被那所院校录取，而柳莺即使文化再拔尖，也将与这所院校无缘。果然，高考过后，程磊和苏妍双双北上，而柳莺，则选择了远在南方的一所艺术院校。

几年后，同学们再聚陈老师家，把酒话桑麻。毕业后天南海北，各自变化都挺大。程磊和苏妍已成婚，俩人同在一歌舞团跳双人舞，是剧团的主要角色。而柳莺，却因为看不到前途而放弃了舞蹈专业，在一家公司做公关。

杯觥交错中，忆往事，有欢乐，有叹息，有遗憾，而同学们最不能理解的，还是当初柳莺为什么要拒绝跳《良家妇女》，要拒绝那么一个绝好的机会。大家都玩笑似地说《良家妇女》把柳莺害了，倘不如此，今日的柳莺应该是舞台上最闪亮的一个舞者。

大家想知道答案吗？柳莺笑盈盈地望着大家。大家鼓掌附和。

柳莺缓缓地退下衣服，光洁的后背赫然刺着三朵玫瑰的刺青。

这就是我当年为什么不敢跳《良家妇女》的原因，柳莺说。

也没什么啊，不就是一朵花吗，说不定更有舞台效果，可惜了。同学们附和着说。

程磊心中一震，只有程磊心里知道，那不是简单的三朵玫瑰，那三朵玫瑰叠在一起的图案，是一个"磊"字！

 # 暗　战

其实，郭小炜的那个高难度技巧，是在情急之下做出来的，他自己都不知道怎么回事。

那天在排练厅，郭小炜和宋思合练现代舞《暗战》，这个舞蹈是要进入中学生艺术节的，意义非凡，如果得奖还能加 20 分，这对分毫必争的高考学子来说无疑是一块巨大的蛋糕，所以，谁都想吃上一口，但艺考班 16 个男孩，只能有两个幸运儿。

宋思是铁定的主角之一，没得说，他形象好、表现力强、技巧出众，但郭小炜拿到了另一个名额就让大家无法理解。郭小炜的舞蹈功底实在差得要命，和宋思明显不在一个档次，大家心目中的搭档是宋思和帅可。帅可有一双软到极致的大腿，连女生都自叹不如，而且帅可和宋思是死党，更容易沟通和配合，重要的是，以前他们跳过《暗战》这个剧目，反响一直不错。现在把帅可换掉，换成郭小炜，是赵老师临时决定的。郭小炜没有想到，但他心里明白，他能得到这个角色，得归功于他的父亲郭总。郭小炜只是无意在老爸面前透露出这个信息，他搞房产开发的老爸立即不动声色地去活动，而现实就是这样，郭小炜不费吹灰之力就击败了帅可。

郭小炜向来以豪爽著称，所以人缘不错，但周末郭小炜想像以前一样宴请同学，同学们却一个个借故离开了，郭小炜想请客都找不到对象，很郁闷。

岂止这样，郭小炜还要面对宋思的百般刁难。排练时，宋思不是推脱没时间，就是因为郭小炜的舞步生疏而大发雷霆。宋思舞步娴熟，而郭小炜是第一次接触这个剧目，所以老踩不准节奏。宋思恼怒地瞪着郭小炜说，你连帅可的一半都不及，也不知是谁瞎了眼，让你来和我跳！

郭小炜心里即恼怒又委屈，他去找赵老师，说他不想上这个节目。赵老师委婉地批评了他，又把宋思叫来，狠狠地说了宋思一顿，这下，宋思对郭

小炜更鄙视。但他不再向郭小炜发作了，因为他们排练的时候，赵老师在一边监督且随时做示范。

宋思不敢明目张胆地对抗赵老师，只有暗里向郭小炜施压。这天排练时，他趁赵老师不注意，舞步优雅且居心叵测地向郭小炜步步进逼，将郭小炜逼到台边。舞台离地面至少有一米多高的距离，宋思想逼他一脚踩空，郭小炜当然知道他的心思，可是他现在也是身在江湖无可奈何，就像在此时的舞台，进退不能。可是郭小炜决不向宋思服软，就在他即将踩空的时候，他抓着宋思的肩，做了一个漂亮的后空翻，竟然不可思议地从宋思的头顶越了过去。

宋思愣了，他没想到逼出了郭小炜的潜能，赵老师更是击节叫好，而且即刻决定修改剧目内容，把这个动作糅合进去，不得奖都不行。因为撤了帅可，赵老师减了剧目的难度，他没想到郭小炜也能做出空翻的技巧。

但郭小炜只是昙花一现，往后的排练他再也做不出又高又飘的后空翻，依然遭到宋思无情的奚落。宋思压根不想配合他，郭小炜只得一个人偷偷地上排练厅练习后空翻，虽然这很危险，可是郭小炜没想过这些，他一心只想战胜宋思。

郭小炜一个接一个地翻，只是把自己摔得鼻青脸肿，当他趴在地上的时候，看到一双修长的腿，抬起头来，他看到帅可。

你这样练习只是徒劳无益，而且很容易伤害身体，做空翻是有技巧的，来，你看我。帅可言传身教，耐心地讲要领，郭小炜很快就找到感觉，并且成功地做了一个后空翻。

帅可，你为什么要帮我？两人在地板上席地而坐，郭小炜认真地问帅可。

我不想让你给我们班抹黑，你和宋思代表我们全班。帅可直言不讳地说，其实你何必这样认真练习呢，就算你跳得再糟，你也一定能拿到奖，你老爸早就打点了一切，不是吗？

郭小炜脸红了，他知道帅可说的是真话，他爸早说过他们这次能拿一等奖。其实郭小炜到这个学校来只是当作上大学的一个跳板，他压根不喜欢舞蹈。

我也讨厌老爸这样做，可我无法阻止他，我不想让你们看不起，我要让你们看到，你们能做到的，我也能做到。郭小炜说，他看到帅可欣赏地点着头，而宋思也不何时站在了他的面前。

握个手吧。宋思淡淡地笑着，三个大男孩，六只手紧紧地搭在一起，曾经的暗战烟尘般地消失。

# 舞　者

秦少阳 12 岁那一天，很偶然地坐在了电视面前，很偶然地看到一个电视节目。

电视里正在播放一台文艺晚会，里面有一个人在跳舞。

是一个男生——一个独腿的男生，正在跳一个叫做《雄鹰迪斯科》的舞蹈，那个独腿男生跳得非常激情和投入，他依靠仅有的一条腿完成了舞蹈所具有的专业技巧，电视里面的观众都在有节奏地鼓掌，秦少阳在电视机前也差点拍烂了手掌。

秦少阳就在这时坚定了要学舞蹈的念头。

可是父母不同意，父母怎么会同意呢？男孩子学跳舞本来就很那个，而且秦少阳的学习成绩很好。父母不同意，秦少阳就哭，就不吃饭，就要赖，总之用了很多手段，父母就答应带他去试试。

岂料少年艺校的程老师一见到秦少阳就很满意，一连提到几次郑豆豆，父母知道郑豆豆，但是秦少阳不知道，父母不知道艺校还没有打开知名度，生源短缺，大凡见到长相灵秀的男孩都会竭力争取。

秦少阳就这样放弃了学业，进了少年艺校，进了艺校才知道原来跳舞并不是表面上的风光，每天都是枯燥而艰苦的做坐脚跟、压脚背、压膝盖之类的训练，还有惨无人道的劈叉和下腰！

秦少阳哪里吃过这些苦？秦少阳就想打退堂鼓，程老师就在这时露出了严厉的目光，他说，开弓没有回头箭！

程老师又拿出一些优秀的剧目诱惑他们，巧的是，秦少阳在这些剧目中又一次看到了《雄鹰迪斯科》。

你看，一个独腿少年都能跳得如此美妙，你们一个个好手好脚，还会输给他吗？程老师说。

《雄鹰迪斯科》助长了秦少阳的信心，秦少阳打消了逃避的念头，狠下心待下来，这一待就是5年。

5年，终于让秦少阳爱上了舞蹈，也让秦少阳成了一个很有舞蹈天分的少年舞者。但是，秦少阳有一个致命的缺陷——个矮！这在艺考的路上得到充分的证明。本来，以秦少阳现有的功底，考北京舞蹈学院也是很有把握的，但是因为身高的原因，初试便被评委无情地淘汰了，其他优秀的高等学府也因为同样的原因很惋惜地将他刷掉，秦少阳最终只考入了一家师范院校的艺术系。

看着同学们一个个考入了令人瞩目的艺术院校，秦少阳失落到了极点，秦少阳开始怀疑自己当初的选择，甚至怨恨那个"诱惑"自己的独腿少年。但是怨恨也罢，从艺的前途一片灰色也罢，学还是要上的。学校坐落在一个著名的风景区旁边，他们的班主任郑老师——一个很有气质的青年很热情地接待了这些来自五湖四海的新生。

考入师范院校艺术系的人大多走了一些旁门左道，秦少阳很快在新生中出类拔萃，他虽然个矮，但基本功无人能及！秦少阳也能看出郑老师的功底，他虽然从不做示范动作，最多也只是走在你身后指点和规范，但那独到的讲解一点就透，让人恍然大悟。

命运也青睐了秦少阳！

本来以为这辈子身高大概也就如此了，却不料18岁那年秦少阳突然长了个！

郑老师欣喜若狂，他们是师范类院校，好苗子不多见，巧妇难为无米之炊！而秦少阳，将是他们手中一张最好的王牌！

郑老师给秦少阳编了一个很有意境的现代舞《雄鹰》，他有信心让这支舞跳到北京。

可是舞蹈里面有一段极具冲击力也极难的技巧秦少阳一直无法通过，上帝总是让人不能如愿，他的软开度好，但弹跳力一直是他的软肋，秦少阳想拿掉这段技巧，但是郑老师不答应，他正是靠这段编排去冲击奖项的，他要让某些有偏见的专家大跌眼镜，师范院校的艺术系也能出人才的！

但是千百次的失败让秦少阳自卑到了极点，终于一次在训练房里大叫了一声：我受够了！我不跳了！

郑老师意外地没有阻止他。

一连几天秦少阳也自己关在寝室里，也没有任何人来打扰他，几天后秦少阳自己坐不住，去了练功房。

练功房里别人还是如常训练，郑老师只是等别人都走了才叫住秦少阳。

秦少阳在等着一阵好骂。

意外的是郑老师并没有说什么，而是热情地请他一起用餐，尔后又邀请他一起看晚上的烟花晚会。

坐在西湖边上看远空的烟花，确实是人生的一大享受。烟花在夜空里绽放，那惊世的美丽让秦少阳心潮起伏。

"美吗？"郑老师轻轻问他。

"美到了极致。"秦少阳说。

"烟花虽美，却只开一瞬，但是烟花开过了，有一种职业也有如烟花，那就是我们舞者，舞者的生命太短暂，但是如果在短暂的生命里没有绽放过，会留下一生的遗憾，你知道吗？"

秦少阳没有说话，他的眼里含着泪水，什么都懂了。

郑老师交给了他一个光盘："有时间看看这个吧，也许能给你一些鼓励，人是能超越自己的，任何时候都要相信自己！"

秦少阳回去就迫不及待地观看了光盘，原来是多年前他看过的那个舞蹈《雄鹰迪斯科》，秦少阳突然觉得那个独腿少年分外眼熟，怪不得郑老师一直都不做示范动作，原来他有一条腿是假腿！

郑老师就是郑豆豆。

# 秋 海 棠

年度考试时，每个男孩必须要有一个不同的剧目，关键手里拿着剧目单在和同学对号入座。

《秋海棠》谁跳？关键的目光在一排男生的眼前巡过，男生们互相看着，没人吱声。

你们觉得谁跳《秋海棠》比较合适呢？关键本来不应该问这个问题的，但他偏偏问了，问了这个让他后悔一生的话。

老师，应该让秦小舞跳，这个剧目非他莫属。全班最胆大的男生范子照站出来说。

为什么？

因为他最娘。范子照此话一出，全班男生哄堂大笑，关键都笑了，只有一个人没笑。

这个人是秦小舞，他非但没笑，而且满脸都是西天云彩的颜色。

关键其实不该笑，但他笑了，他笑，就证明他和他和学生们一样，在心里也把秦小舞当作一个另类。

老师，我不跳这个。秦小舞声音低得像蚊子叫。

就这样决定了，这是个不错的舞蹈，不要有其他的想法。关键声音很坚定地说。

秦小舞是个男生，可是长得细皮嫩肉，比女生还要柔媚。偏偏《秋海棠》这支舞蹈表现的是一个旧时戏子的生活，服装造型很妖艳，舞步也有不少戏剧手法，男生们不愿意跳。他们年纪太小，对舞蹈艺术处在似懂非懂的阶段，只喜欢跳《千层底》、《大红花》这样阳刚气十足的军旅题材。

然后是排练的时间，男生们一个个兴趣盎然地在压大腿、翻跟斗，围着关键问东问西，只有秦小舞一个人缩在排练厅的一角，不说话，也没人和他说话。

两个小时的练功时间很快过去了，然后是晚餐时间，晚餐过后又是剧目练习，点名的时候，关键发现秦小舞缺到，关键一时没有在意，等到下晚课、熄灯前查寝室，才发现秦小舞不见了。

秦小舞失踪了。

艺考班有独立的一幢教学楼，实行封闭式管理，看门的大爷说没看见秦小舞出去，也不知秦小舞是如何走出校门的。

秦小舞的出走，很明显和关键的那个决定有关，关键感觉心里沉甸甸的，他带领范子照等一批同学上街去找秦小舞，先是地毯式地搜索了全城的网吧，然后又到各宾馆招待所逐一排查，关键他们折腾了一个晚上，一无所获。

回到学校，关键坐在曾经属于秦小舞的那张空落落的床上，垂着头一言不发。

第二天，一位中年女人来到学校，把秦小舞的行李拿走了，关键从中年女人的脸色和服装上就推断出她家境的窘迫。果然女人红着脸和老师解释秦小舞退学的理由，说家里已经无法再承担这样昂贵的学费。关键追上女人的脚步，追问秦小舞的下落，想亲自上门道歉，女人说秦小舞去了南方。

关键在学校实习得很成功，但是因为秦小舞这件事情，关键还是觉得自己很失败，他不能原谅自己，他时常想到秦小舞，想到那个秀气而又瘦弱的男孩，不知这样的人在南方能干些什么。但这样的念头也只是在脑海里一闪而过，因为关键自身都无暇顾及，大学四年，以为学得一身技艺，却没有想到竞争如此激烈，因为个头不够，关键终于没能考进他理想的部队歌舞团，一气之下只身南下，想扔掉专业进一家公司，结果在人才市场不断碰壁才发现自己除了跳舞一无所长，最后，关键进了一家小剧场演晚场，虽然是七拼八凑的队伍，关键还是非常用心地练功，但领队只冷冷地看了一眼关键，扔给关键一件虎皮般的半裸服装，要他跳性感妖娆的钢管舞。关键盯着领队的目光简直要冒火，但最后关键自己把火给灭了，不情不愿地跳了令他十分受辱的钢管舞。他以为自己表现尚可，领队却毫不客气地扔给他几张钞票，说如果你明天还这样，你就给我走人。你看看秋海棠的表现，看看人家是如何讨客人欢喜的。

接下来是秋海棠的演唱，一袭轻纱的秋海棠打扮得十分惊艳，又有一副出色的歌喉，尤其能在顾客面前卖弄风情，她绕场一周，给每位男士投怀送抱，飞吻频发，但最后御下轻纱亮出浓厚的嗓音时，关键才恍然明白秋海棠是个不折不扣的男人，顿时心里像吃了一只苍蝇，可一想自己也沦落成了钢管舞浪子，又对秋海棠充满了理解。

秋海棠扭着风情万种的步伐走进后台，恰巧和关键撞了个满怀，秋海棠非常女性地尖叫了一声，呀！原来是关老师，没想到我们居然成了同事，真是太有幸了，走，关老师，我请你吃夜宵。

秋海棠是真的不带一点世故的热情，关键却有一种无地自容的感觉，心里五味杂陈，不是滋味。

这个打扮得非常妖冶的男子是秦小舞。

第二天，关键离开了这座小剧场，因为他无法面对舞台上的秦小舞。此后关键也绝少露出笑容，因为有时随意的一笑，是多么得可怕。

 # 流 浪 狗

一夜之间，花街突然多了许多浪迹街头的宠物狗，它们失去了往日优雅的风度，眉顺眼地望着过路的行人。很显然，这都是那些败走花街的人们遗留下来的忧伤，他们只顾得及自己仓惶逃窜，往日那些心爱的玩伴，便随它们自生自灭去。

单小波背着书包经过花街广场的时候，就看到一只漂亮的宠物狗。全身雪色一样的绒毛，颈间挂着一串可爱的铃铛，身上穿着红色绸缎小马夹，可见昔日主人对它的宠爱，只是小马夹已经变得很脏。它瞪着一双乌溜溜的眼睛看着单小波，并且跟随着单小波的脚步，在他后面屁颠屁颠地跑着，单小波便走不动了。他本来喜欢狗，他想也没想便将这只小狗抱回了家。

这位不速之客虽然讨人喜欢，但还是让母亲略感不快。她说这样的狗娇贵得很，养不起。单小波父母都是来漂城打工的，单小波则在一家子弟学校上学。

单小波首先给小狗洗了一个澡，又把它身上的小马夹洗干净，接着端来一碗白米饭放在它面前。雪色小狗只闻了闻米饭，便低着头走开了，单小波看它不喜欢，又倒了一些菜汁拌进饭里，小狗依然不为所动，看来它虽饿，倒很有风骨，不是自己喜欢的食物，决不吃一口。

单小波知道它想吃什么，它一定喜欢吃那种烧得喷香的排骨。单小波也喜欢，可是这在他们家是个稀罕物。父母是欠了一屁股债出来的，为了早日还债，他们只能从嘴里一省再省，单小波自是明白这个道理，所以虽然每天家里的餐桌上都绿汪汪，单小波从不皱眉，还装出吃得很香的样子。但是为了这只宠物狗，单小波认为他必须挺身而出做些什么，所以，放学后单小波去了一趟菜市场，他知道那里有他想要的东西。

午后的市场显得很冷清，单小波看到那些肉铺摊子差不多都收了，没收

摊的也只有一些零碎的肉片和骨头，抹桌布一样地扔在那里无人问津。单小波摸了摸口袋，里面空空如也，可是肉砧上的骨头却那么深深地诱惑着他，单小波仿佛看到宠物狗眼里的欢喜之色，是的，它一定会非常喜欢！单小波看那些摊主围坐在一起玩扑克，根本没人注意，他鬼使神差地伸出了手。

吓，哪里来的野孩子，居然敢偷东西！单小波刚伸出的手就像被一只铁钳卡住一样，他回过头看到一个黑脸汉子掐着自己的一只胳膊，似笑非笑地看着自己。我不是想偷……人赃俱获，你还狡辩，你是属狗的吗，偷这些骨头。黑脸汉子一脸凶相，单小波被吓哭了，他无助地哭着，黑脸汉子却又笑起来，那些摊贩们也都笑着，像看一个搞笑的喜剧小品。

你想要这些骨头吗？黑脸汉子问单小波。单小波立即点头。想要也不难，我们做个交易，只要你站在这里，人来时便喊一句"我是小偷"，你喊上两个小时，这些骨头便归你了。不！单小波咬着牙齿。你若不，我就把你扭送到派出所去，告你偷盗，让你去劳动教养。黑脸汉子黑着脸说，也不知道是真是假。对，送他去派出所，那些菜贩子也附和着。单小波害怕了，他不想去劳动教养，他知道那是犯人做的事。单小波犹豫了一下，点头答应了。有人走过来，黑脸汉子碰他一下，他便扯着嗓子喊一声，我是小偷，单小波脆生生的一喊，立时引来看稀奇的人，黑脸汉子便在一旁眉飞色舞地讲述着，一脸的得意之色。一开始单小波脸色红红，扭扭捏捏的，声音也不大。但是黑脸汉子不高兴，他威胁说如果声音不大这交易就不成立。单小波便可着嗓子叫起来，单小波一声接一声地喊着，脖子上的青筋胀得很粗，喊到最后，单小波已经完全放开了，虽然他的声音渐渐嘶哑，但是他的表情已经完全坦然自若，就像在课堂上朗读一篇他最喜欢的课文。

那些菜贩子像看了一场生动的情景剧表演，他们心满意足地笑着，黑脸汉子终于努了努嘴，单小波如获大赦，立即将那些骨头据为己有。他从书包里找出一些废弃的练习薄，将骨头包拢来，挟着腋下，迅速地离开了市场，在苍茫的夜色中，单小波的背影就像一只仓皇逃窜的流浪狗。

# 上天眷顾笨小孩

在文昌里这一带，关平是个名人，出奇的笨拙让关平在文昌里家喻户晓。

关平打小就比别人笨一些，做什么事都比人家慢半拍。他3岁上才学会走路，4岁才能说出一些简单的词语，上小学时一个"9"老是反着写，老师手把手地教了多少遍也纠正不过来，老师哭笑不得，就随他去了，关平的学习成绩一直是班里后几名，同学们不大搭理他，老师也不太喜欢他，总是让他坐在最角落的地方自生自灭。

关平像老牛拉破车一样把自己拉扯到初中，父亲可不想让他读高中了，不想白扔钱。"读个技校吧，早日找个工作。"父亲安排他进了一家技工学校，但是几个月后技校也让他退学了，原因是他在实习操作的时候经常会碰伤自己，学校怕出事故，赶紧将他退了。父亲又先后给关平找了几份学徒的工作，也因为手脚笨、不开窍让师傅轰了出来。"别人不要，跟着我吧。"父亲大手一挥，关平乖乖地跟在他老子的后面，帮他卖菜，卖菜得手脚灵活，还得会吆喝。起初，关平不肯出声，老爸一巴掌打出了他的声音，声音捏在脖子里，怪声怪气的，像初啼的公鸡。

跟了父亲一段时间，父亲便教他怎样在秤上做手脚，有一次一位大嫂买菜，拈着一把芹菜随意问了下：不会少我秤吧？关平脸一红，竟然老老实实地说：少了二两。正好父亲听到了，一巴掌把他煽到一边，买菜的大嫂也被这个诚实的骗子逗笑了。

父亲常常背着人叹息，这小子心眼太死，在这花花世界里以后的日子该咋过啊。关平不知道父亲心里的急，只是可着劲儿长，几年功夫就长成一个高大健壮的小伙子。

关平书读得不多，没有同学，加上性格木讷，缺少交际，在文昌里也没有贴心贴肺的朋友，他经常往李奶奶家里跑。

李奶奶一个人住在文昌里，身边似乎没什么亲人。关平最喜欢吃李奶奶做的咸菜，李奶奶总是笑眯眯地看着关平，她喜欢关平的憨厚瓷实，不像别人都当关平是半个傻子。关平和李奶奶也特别聊得来，经常陪李奶奶上街、饭后散步，就像祖孙俩。

文昌里是个破破烂烂的居民区，靠近河岸，春天的时候，突如其来的大水常常让居住在这里的居民惊慌失措。居住在文昌里的人家境大都不太好，间间房屋都冒着穷气，像炊烟一样扶摇直上。

这年春天，天像一个漏斗，下了几天几夜的倾盆大雨。河水一个劲地往上涨，终于一天夜里洪峰冲垮了堤岸，文昌里成了一片汪洋。

洪峰通过的时候，坐在阁楼上的关平突然想起了李奶奶，他急忙撑起小筏子，父亲问他干什么去，他说去看看李奶奶，父亲急了，这么大的水？你不要命了？关平也急了，我怕李奶奶让水冲走了，她一个人，多可怜啊！

关平撑着小筏子在激流中划进李奶奶家，李奶奶一个人在阁楼上吓得双腿发抖，看见关平进来了像看到救星，一下子哭了出来，关平搂着李奶奶，像安慰孩子般地安慰着她。

洪水过后，一辆崭新的宝马开进了文昌里，车上下来一个中年男人，径直走进李奶奶的家。

"妈，这次说啥我也得把你接走，免得人家在我背后戳脊梁骨。"

"跟你走也行，不过你还得带走一个人，不然我放心不下。"李奶奶把关平拉出来。

"他就是你经常在电话里跟我提到的那傻小子？"中年男人上下打量着关平："看这木讷劲，跟我当年的样子不相上下。"

"关平，你愿意跟我走不？"中年男子拍拍关平的肩。

"去哪里？"关平如坠云雾，他还在纳闷，李奶奶怎么突然冒出一个儿子来，看样子还挺有钱。

"去他公司啊，让他给你找一份好工作。"李奶奶说："我特意把他叫回来的，就是让他带你走。"

"他有这个能力？"

"当然，他自己的公司，他说了算。"

"可是我文化不高，人又傻又笨，我干不好的啦，我只能卖菜。"

"傻小子，你还想卖一辈子菜啊。"李奶奶心疼地说："我就是看不得你卖菜，不会少秤，天天挨父亲的耳刮子。"

"笨没关系，我给你机会，你肯学吗？"

关平点点头，头一次别人这么耐心地和他说话，他很高兴。

"笨人的身上有一种聪明人所没有的品质，我相信假以时日，你会比聪明人更能干，当年，我也是一个别人不喜欢的笨小孩。"

第二天，关平和李奶奶在大家惊羡的目光中坐着宝马走了，"傻人有傻福。"文昌里的居民又羡慕又嫉妒地看着宝马车屁股冒出一溜轻烟消逝在众人眼前。

# 深　潭

　　幽静的书房，两杯飘着袅袅余香的清茶，一张纵横清晰的棋盘当中而立，父子二人盘腿对坐，时光在静静地流逝。

　　年轻的儿子执黑先行，以势如破竹的勇猛和深入敌后的胆略挥军南下，虽然勇不可挡，锐气十足，但毕竟输在功力和经验的欠缺，最终以三目半的劣势落败。父亲从容地掸了掸衣袖，语气淡然但口气坚决。

　　越挫越勇，你以后会是个出色的商人，这次志愿就填商学院。

　　不，我的志向是从政，成为一个像您一样刚正不阿的官员。

　　我不会让你选择这条路的，父亲眉头微皱。

　　难道您要干涉我个人的志向和目标？我可不是你的随从。儿子笑嘻嘻的样子里透着坚决，父亲又不置可否地掸了掸衣袖，但没说什么，目光深邃如一潭秋水般的深不可测。

　　年轻的儿子没有向严厉的父亲低头，在个人志向的选择上他遵从了自己的内心。他选择了一所政法学院，在学校就开始显露了他出色的组织能力，学生会的活动搞得风生水起，校园内一些不适当的规则在他的参与与周旋中得到了改善。毕业后，他以优异的成绩考上了公务员，从政的路上也顺风顺水，从大学生村官到乡镇的普法员；从县法院的一名书记员到市检察院最年轻的科长，一步一个脚印，全是上进的步伐。最后，他成了市里最年轻的反贪局局长。他终于可以从容地坐在小会议厅恭听父亲的讲话，父亲坐在高高的主席台，威震一方的形象亦是他追崇的目标。

　　只是，他一直认为这一切都是自己工作能力的体现，是辛苦付出后应得的累累回报，因为幕后那只可以呼风唤雨的手，他一直没有看到。

　　年轻，一身正气，锐意十足，所到之处所向披靡，在反贪的路上接连做出一些小成绩，但终于在一桩特大的贪污案中败下阵来。一座大桥的轰然倒塌像一串导火索，引发出一连串的贪污受贿案件，那牵一发而动全身的复杂，那蜘蛛网般的牢不可破的连带关系，让他感觉焦头烂额。孤立无援的坚持、四面楚歌的困境，都让他感觉困惑和束手无策。

他像棋盘上被黑棋包围和孤立的一颗脆弱的白子，非常巧妙地被吞没和同化了。他在坚韧不拔的案件追查中突然被栽赃诬陷，证据确凿的贿赂事件，让他百口莫辩，在众人心照不宣的拍手称快中，他身陷囹圄成为阶下囚。

为官一方的父亲来狱中看他，

反贪局长自身不干不净，您是来看我笑话的。可是我自小在您的影响下，对金钱有相当的免疫力。您应该知道，接受贿赂对我来说是不可能的，但这事还真就是发生了。

我知道，我还不了解自己的儿子吗？

那您来这里做什么，可我不想给您带来任何负面影响，也不希望你徇私。

在你没有找到证明自身的清白之前，我的确不会有任何行动，我来，只不过想再和你下盘棋。

俩人在狱中摆开棋局，盘腿而坐，他依然执黑先行，以破釜沉舟的决心和置之死地而后生的勇气一路攻击，锐利的棋风一如既往地犀利。父亲的心里跳了一跳，但表面上安若如初，并且终于以一目的优势钳制了他的攻势。

你棋艺长进了，父亲淡淡了丢下一句话，随后很快走了出去。

老板，您看这事如何处置。父亲的密从跟在身后，躬着腰，小心翼翼地询问。

他不顺应时势，也不懂潜规则，做事毫无章法，由着性子胡来，不能任其放纵了。父亲掸了掸衣袖，表明了一种态度。

可是，他是你儿子啊。

全局的利益，不能让一个人破坏了游戏规则，丢卒保车，你懂吗？我想你知道该怎么做了吧！

父亲说话毫无表情，目光深邃像一潭秋水般的深不可测，随从不敢直视他的眼神，只在心里激灵灵地打了一个冷颤。

# 鬼蝴蝶

　　从吴小蒙这个角度看过去，恰好可以看到缝纫机后面的周琴英。她坐在花街的一角，她头顶是一处骑楼，此刻，一抹阳光射在她脸上，她身后是一些待补的衣服，吴小蒙看到她双脚不停地踩着缝纫机的踏板，显然，她在开始一天的工作。

　　吴小蒙躲在这个没人发现的角落，继续观察或者说监视周琴英。周琴英看上去很孤独，整个上午都在专注自己的工作，偶然会有顾客来送衣服或者取衣服，她才会停下缝纫机和他们交谈，顾客走后她又埋头干活。中午，有一个十几岁的女孩送盒饭来，这时她才会露出笑脸，一边吃饭一边和女孩说着什么。女孩走后，她会托着双腮发一会呆，或者伏在缝纫机台上打个盹，然后又继续她的营生。直到夜灯亮起，她才开始收拾摊子，用一辆三轮车装着，在花街上晃晃悠悠地骑上一段路，然后拐进一条幽深的小巷。周琴英的时间安排得如此充实，也没有看到有疑的身影出现，那么，他们是如何勾搭上的呢？

　　但是母亲是不会说谎的，而且父亲也承认了。他承认他和花街上那个替人缝补衣服的女人有一腿。他说他可怜她。你怎么不可怜我？母亲咆哮着，她和父亲扭打成一团，她去抓父亲的脸。母亲肥胖，糖尿病长年困扰着她。父亲似乎早就厌倦了她，他只轻轻一推，母亲就像一团猪油瘫在床上。父亲趁机出门，而且几天没有回来，手机也关机。吴小蒙猜他躲到那女人家里去了，可是看她平静的神情，好像没有这回事，但不管怎么说，这个外来女人是让人痛恨的，她给吴小蒙的家庭带来威胁，吴小蒙对她充满了敌意。

　　一只蝴蝶鬼头鬼脑地从吴小蒙眼前飞过，很大，全身乌黑色，两条细长的尾翼却呈鲜红。吴小蒙看着这只长相诡异的蝴蝶扇动着翅膀飞向花街。这时吴小蒙突然接到父亲的电话，他口气坚决地说要离婚，要吴小蒙做好思想准备。吴小蒙恼怒地合上手机，刀子般的目光再次捅向那个女人，然后他悄悄地退出了。

　　周琴英呆呆地看着花街上过往的行人，她的生意越来越坏了。早些年，花街有不少工厂，整条街上拥塞着打工仔打工妹，生意很兴隆，缝补衣服的也有好几家摊子。后来工厂搬迁到工业区，花街只剩下一些写字楼，生意便一落千丈，那些人也忙别的营生去了，只有周琴英还像最后那朵不肯凋谢的玫瑰。因为要和女儿生活在一起，她不能适应工厂的工作，只能守着老本行，坚持着做下去，好在每天还有一些修修补补的活干，日子就这样混着。

　　一只蝴蝶在周琴英面前绕来绕去地飞着，黑色的，周琴英啐了一口，然后挥舞着一件旧衣服去赶它。在她们家乡，这种蝴蝶叫鬼蝴蝶，不讨人喜欢。不知又有哪个倒霉鬼要死呢，周琴英想。大前天也是一只鬼蝴蝶飞过，五分钟后便有一个物件扑地落在周琴英眼前的街道上，原来是个跳楼的男人，接着警车就"呜呜"叫着来了，看稀奇的人围了一圈又一圈。听说那男人炒股套了，又是公款，一咬牙便跳了。周琴英想不通，再苦的日子也有个头，人一死了便什么也没了，干嘛要那么想不开？

　　今天活多，周琴英就着街灯还做了一会，收摊时天色有些晚，那条小巷幽幽暗暗，周琴英走得十分小心，因为常有一些吸毒的人会出其不意地出来打劫。果然，暗处闪出一个瘦弱的少年，握住周琴英的车把。

　　你认识吴天明么？少年目露凶光。

　　什么吴天明，我不认识。周琴英说着，悄悄地摸出一把剪刀，她将长长的剪刀握在手，虚张声势地叱喝着。

　　你这个烂女人，你竟敢勾引我爸爸，你竟敢动刀子。少年扑了上来，瘦弱的他竟然力大无比。周琴英的剪刀轻易地被他夺去了，少年挥舞着剪刀，用她听不懂的方言诅咒着，周琴英看着自己的胸口迸出鲜血来，她惊叫着，却不能阻止那个少年的行为……

　　吴小蒙回到家中，看到母亲在喝汤，他声音颤抖地对母亲说，我替你解决了。

　　解决什么了？母亲问。

　　我把花街上那个补衣服的女人给杀了。

　　你说什么？你干嘛杀她？母亲惊叫起来。

你不是说她勾引了爸爸吗，爸爸打电话给我，说他要离婚。

你爸爸怎么会和那种女人勾搭，你爸爸早想和我离了，但不知因为那个女人。我是随便说的，他早就厌倦我了，我就是说他和一只母猪，他也会承认。你怎么就杀人了，这下怎么得了？哦，呵呵。母亲又像一团猪油瘫在床上，吴小蒙也吓蒙了，双眼发直，不知所思。

一只蝴蝶从窗前飞过，吴小蒙看到是一只黑色的，两条细长的尾翼颜色鲜红，很像花街上那个补衣的女人胸前凝结的鲜血。

 # 咒 蛙

红鼻子死了，死在端村的池塘边。

消息像惊雷一样地滚过端村的天空时，妈正在空旷的院子里"哐哐"地剁着猪草。她抬手理了一下额前的乱发，嘴里说了一声作孽，又埋下头继续剁她的猪草。

可是我不能像她这么平静，我撒开腿飞也似地往池塘边跑去。

池塘边早已围了不少人。我挤进人群中，看见红鼻子直挺挺地躺在地上，四脚朝天，肚皮鼓得老高，像一只喝足了水的蛤蟆。他身旁的那只巨大的鱼篓也和他保持着相同的姿势，大嘴朝天，一副怨天尤人的样子。

我戚戚地往回走，我知道以后我更不敢来池塘了。去年夏天，小狗子掉进池塘里淹死了，当时我们都在岸边玩水，我们眼睁睁地看着池塘像一个怪兽将小狗子连根生吞了，后来想再去池塘玩水大人就不许，说小狗子会拉替身。我们和小狗子是好朋友，可是怕他找我们去做替身，就都不敢去池塘玩水，只在小溪里过把瘾。没有我们的参与，池塘边的野草就疯了般地长，成了青蛙和蛇的世界。

但是红鼻子经常去池塘，他不怕水鬼，也不怕蛇，他去池塘边抓青蛙。

红鼻子是个很快乐的人，因为我经常见他哼着小曲摇摇晃晃地从集市上归来。红鼻子是个单身汉，身材不高，红彤彤的酒糟鼻像颗草莓亮晶晶地悬挂着，大家都叫他红鼻子，至于他本来叫什么，我们反倒忘了。

红鼻子是个奇人，说他是奇人是有根据的，他有一手抓青蛙的绝技，据说是祖上传下来的，叫"咒蛙"。

我听过红鼻子抓青蛙的故事，他首先抓到一只青蛙，把它的腿折断扔进池塘里去，然后便双手合十，嘴里念念有词，两只手同时有节奏地击掌，便会有成群结队的青蛙从池塘的四周蜂拥到他身边，红鼻子只需要一只只地将青蛙抓进鱼篓中。一次能抓多少青蛙，全凭天意，因为等到那只断腿的青蛙

再度来到身边，便不可以再抓。集市上经常可以看到红鼻子，手里提着成串活蹦乱跳的青蛙，卖了蛙换得钱便喝酒打牌，在花寡妇门前调笑着恋恋不去，有时他也会买几个糍粑，用纸袋包了回来，见了我们小孩，一人一个。

关于红鼻子的死，有人说是这样的，那天红鼻子在街上碰到镇长。镇长说，红鼻子，去给我抓些青蛙来，我想吃青蛙。红鼻子说，好。镇长说，多抓点。红鼻子说，这年头难抓，你一个人能吃得了多少？镇长说，我怎么能一个人吃？镇里要接待外商，他们要来我们这里投资办厂，省里市里都有人来，你说能不好好招待一下么？我们镇里有什么，除了青蛙还有什么拿得出手的？红鼻子说，我不是说不抓，我是说难抓。难抓也得给我抓，镇长笑着踢了红鼻子一脚，我给你钱，你还怕我不给你钱？

然后红鼻子就出现在池塘边，好不容易逮到一只青蛙做引子，折断其腿扔到池塘里去，然后双手合十，嘴里边念念有词，那青蛙也就成群结队地跟着来，但是那天青蛙出奇的少，才抓着十几只，那只断腿青蛙便悠悠地游到他的身边，按照祖训，无论抓得多少，这断腿青蛙来了便不可再抓，否则将遭天谴。红鼻子心里有气，这几只青蛙，还不够还赌钱呢，还不够和花寡妇一夜风流呢，何况镇长要做几十桌的酒。红鼻子抓着那只断腿青蛙说，去，去给我再招些来，说着，他嘴里又念起咒语来，这一次又来了稀稀拉拉的几只青蛙，红鼻子又看到那只断腿青蛙了，红鼻子火了，抓起那只青蛙扔进池塘深处，再去给我召来！红鼻子嘴里又念动咒语，池塘里好半天没有动静，怪了，这事从不曾有过，红鼻子正百思不得其解时，却见池塘四周的青蛙疯了一般的拥了来，它们愤怒地叫着，鼓胀着通红的眼望着红鼻子，红鼻子吓住了，想跑，却未能跑开，一只接一只的青蛙疯了一般地往红鼻子身上踩，张开血盆大嘴……

端村的人说，红鼻子作孽，他一生抓了多少青蛙呀，他死在青蛙手上一点也不冤。但也有人说红鼻子其实是淹死的，那天他喝多了酒，走到池塘边摇摇摆摆摇摇摆摆，然后像一根木桩子一样直挺挺地栽下去了。

关于红鼻子的死有许多版本，但红鼻子的确是死了。我们再也没有见过他像一个游魂一样地出现在池塘边，只会听到村民还在争论红鼻子的死因。说他是死于青蛙的将那传说搬出来，说红鼻子违了祖训，事情做得赶尽杀绝，遭了天谴。反对者则撇撇嘴，不屑地说，抓什么青蛙，池塘里早就没有青蛙了。

想想也是，我的确有许多年没听过蛙鸣了。

# 蛇医之死

　　九斤从小就练就一手捉蛇的绝活，这一点也不奇怪，他生在捕蛇世家。

　　九斤的祖父和父亲都是乡间有名的蛇医，都有一手抓蛇的绝技。九斤很小就跟着父亲去山野转悠，从山里转了一圈回来，九斤的手里缠着一圈蛇。

　　九斤不爱说话，有些自闭，但是说到蛇九斤就换了一个人，说蛇的习性和喜好，滔滔不绝，眉飞色舞。

　　九斤天生喜蛇，夏天的时候，他喜欢把几条菜花蛇缠在身上睡觉，与蛇同眠，说是非常享受。他家里到处是蛇，有时笼子关不住它们，也会出来透透气，挂在院子里的树枝上，猩红的舌信子伸伸缩缩，让村里的人非常敬畏。秋后，九斤会带着成袋的蛇到田地里去放生，他为何抓蛇放蛇，村里人不懂，有人问，九斤就一脸肃然地说这是祖训，以前父亲也是这么做的。九斤的父亲死于壮年，死于蛇伤，他医好了很多被蛇咬伤的病人却医不好自己，九斤哭着要父亲给自己上最好的蛇药，父亲摇摇头说没有用，他说他不该三天里一直守着那个蛇洞，那是一个蛇穴，里面聚集着很多蛇，他将里面的蛇一网打尽，所以他得了报应。他说捕蛇的人最终都将死于蛇伤，这是捕蛇世家奇异的死亡方式，他叫九斤不要悲伤。

　　九斤含泪将父亲葬了，接过父亲的衣钵做了一个草方郎中，也时常给人医蛇伤，乡间里蛇多，经常有人不小心被蛇咬伤，所以九斤的生活还是过得相当自在的。九斤看看伤口就知道患者是被什么蛇所伤，然后对症下药，十拿九稳，他对付蛇伤很有办法。

　　九斤抓蛇有一套独特的方法，他穿着一套紧衣身，高高的统靴，手臂上有一个特制的衣兜，那是他家祖传的蛇草药，用来驯蛇的。他守在洞口，将特制的蛇草药从手腕上退下，就见洞内的蛇缓缓游出，像个听话的孩子一样任由九斤抓获，多毒性的蛇也是如此温顺。九斤轻巧且迅捷地捏住蛇的七寸，将蛇放进笼子里。一天抓多少蛇，全凭九斤兴趣，如果愿意，九斤可以将附近的蛇一网打尽，但是九斤不可能会这样做。

很长时间以来九斤抓蛇纯属爱好，他只杀取少量的蛇用于养家，一到秋天他就会将大量的蛇拿去放生，父亲虽然死了，但是他的话还留在九斤心里。

有一天，九斤又在田间放蛇，他身后站着一个人，背着手问他，既然抓了又何必放呢？

九斤看也不看来人说，该抓时抓，该放时放。

那人说你不要放，你如果把抓到的蛇全部卖给我，你会得到很多钱。

九斤转回头看着来人，那人一脸商人模样，他握着九斤善于抓蛇的手说我是慕名而来，长期高价收购活蛇，有多少收多少，你有这么好的一手绝技却不懂得利用。

那人递给九斤一张名片，九斤还从来没有接受过名片，他小心地接过，看到对方是什么贸易公司的经理，那人说如果你将蛇卖给我，你从此可以过上很好的生活，你好好想想，3 天内给我答复，同意我们就签约，长期合作。

九斤只想了两天，就想通了，第三天商人来了，九斤爽快地和他签了约。

九斤想要造一幢村里最漂亮的房子，这是九斤的梦想，这个梦想没多久九斤就实现了，他造了一幢全村最漂亮的小洋楼，庭园楼阁，水榭假山，十分气派，九斤自豪了一阵，很快九斤又不满足，有了新的梦想，他要做村里第一个买轿车的人，当然，要实现这个愿望，必须捕获更多的蛇，附近的蛇都让九斤抓光了，九斤只得走进更远的山林。除了冬季，九斤基本上活跃在山野，夕阳西下，才提着成袋的活蛇回来。

冬天九斤是最舒服的，冬天的九斤可以天天开着车去镇上喝酒打牌。有一次，风雪交加，九斤在镇上喝花酒，喝得醉醺醺回来，突然看到路中间有一条小蛇，只有筷子一样粗的一条小蛇！

九斤酒意顿失，九斤知道这种蛇是蛇类中毒性最大的，俗称"蛇王"。九斤不敢托大，立即从袖子里掏出蛇草药。他的草药是从不离身的，但草药对"蛇王"显然不起作用。只见那蛇飞起，在九斤的颈间留下若有若无的一吻，九斤就轰然倒地。而那蛇也飞也似的窜进路旁的草丛中，倏忽不见。

九斤被人发现的时候早已气绝多时，因为死状神秘，有人报警，法医来验伤，最后断定死于蛇伤，但是法医被自己这个判断搞糊涂了，这冷冷冬日，蛇从何而来呢？

# 画　脸

　　乔风一不留神就出了名。

　　我和乔风曾住在同一条街，那是一条上了年纪的街，横卧在大桥下，被人们蔑视地称为"城外"，是块没人瞧得起的角落。我和乔风是从小一块玩大的孩子，小时候不觉得，长大后我们才知道，住在这里都是没出息的人。后来，我出息了一点，搬城里去了，乔风一直还住在大桥下面。

　　一天，一封不同寻常的信件寄到了市文化局，大家才知道，原来我们这里有一个人叫乔风，他的画作在全国得了金奖，原来大桥下那一弯浅水里竟藏着一条大鱼。

　　乔风就是这么成名的。

　　乔风的出名不是偶然的，他从小就喜欢画画，那时他买不起画笔，就用柳枝作笔，用沙滩作纸，象童话故事里的那个神笔马良。乔风说他的梦想是当一名画家。

　　乔风长大了，画家的愿望还是一个梦，只是在家门口摆了一个画摊给人画脸为生。我们家乡人通常情况下，把肖像称作画脸，这样说或许更直接、更朴实。

　　是一幅画脸让他一举成名的，画的名字叫《下岗工人》。

　　大桥下别的不多，下岗工人伸手一抓就能抓住一大把，乔风通常也以他们入画，随便逮住一个人都能做他的模特。乔风有一种寻常人不曾有的本领，他不需要模特在他面前久坐，只要描上一眼，模特的脸便定格在他的脑子中，画出的脸不仅酷似，而且能神韵出人内心的喜乐悲哀。他每天坐在门前，望着过路的街坊，这个人走过去，回来时他便交给人家一张画，那人一看，这不是自己吗，看画人看着自己的画，竟感动得落下泪来。这事传开了，就有人惊奇。有人过路就说："老乔，给我画张脸。"乔风应一声，再回去的时候，这张脸就画好了，神形兼备，一激动，就给一些钱，乔风灵机一动就摆一个小摊，天天坐在门口给人家画脸，挣一些生活费。谁想这么一个只配给人画脸的画匠，也能就像明星一样走红了呢。

乔风得奖了，媒体、电台都找到了他，做了专门采访。上门求画的人也多了。逐渐，人们求画不仅仅是一种欣赏，而是想验证自己的内心，人们开始喊他乔大师。

乔风的故事惊动了许多政府官员，纷纷蹬门求画。张君就是典型的一位。张君身居要职，喜欢到处留影签字，听说乔风画脸画得十分传神，就很动心，张君认为自己应该有一张完美传神的脸。

某日张君就坐着小车到了大桥下，亲切地会见了乔风并说明了来意，说大师我想画张脸，可一定要神韵具备哈！乔风从没有给这么大的官画过脸，尤其是这张脸忒复杂了，表象不一且有难以揣摩，实难入画。可又不敢推辞，心想，只能如此那般了。

张君来取画，拿到画就怔住了，因为这画没画脸，只画了一个后脑勺。

"乔大师，我们要是的画脸，这没画脸……"

"知道唐伯虎吧？他画的最出名的一张仕女图就是那张只有背影的，被评为绝世美女，这画脸的最高境界，也就是不画脸。"乔风作如是解释。

张君恍然大悟地"噢"了一声，连说了几个好，随手从包里抽出了一沓钞票，甩给了乔风，满意地离去了。

乔风出名了还住在那条街，他每天还是给人画脸，画张三像张三，画李四像李四，画得依然是栩栩如生，神韵具备。但凡有张君之类的官场人物来求画，就画一个后脑勺给他。

我不解，就问乔风。

乔风答：老百姓的喜怒哀乐写在了脸上，好记。当官的神态真难捉摸，我在脑子里存不住，当然就只有画一个后脑勺应付啊！

乔风虽这样说，但我觉得完全不是这么回事，我就笑，我的朋友乔风也笑，且一脸狡黠。

# 青 蛙 噬

李多多从一个无所事事的梦中醒来，草草地喂了自己一顿早餐，便来到花街上。花街的尽头有一条小巷，那里经常聚集着一些小摊贩，他们一边卖菜一边睁着警惕的眼睛四处巡视，一旦发现城管的影子便逃之夭夭。李多多不是城管，他穿着一件工商的服装，是他老爸遗留下来的。

李多多大摇大摆地来到临时的露天市场，一眼就看到青年农民赵小六手里提着一串青蛙，他身边围着一些询价的市民。李多多分开众人走到赵小六面前，赵小六看见李多多和他的服装，不自然地往后躲了躲，众市民也一哄而散。李多多义正词严地指责赵小六不该贩卖青蛙，说这是破坏环境，是犯罪，然后毫不客气地没收了他手中的青蛙，说念他是初犯，就不罚款了。赵小六讷讷地说，不是贩的，是他好不容易抓来的，他没想别的，只想给还在病中的娘抓点药。可是李多多已经走远了，赵小六的辩白在风中无力地飘散着，心灰意懒的赵小六神思恍惚地走在花街上，被一辆突如其来的小汽车撞歪到一边，汽车里飘出一句"乡巴佬"，走路都不带眼睛，然后呼啸而去。

李多多心里很美，他经常利用这件服装弄点小收入，有时是一只鱼；有时是一串肉。今天弄到一些野味，也算是不小的收获了。他看着这些活蹦乱跳的青蛙，绿哇哇的，个头都挺大，这可是稀罕物，可见捕捉是如何的不易。李多多兴冲冲地找来菜刀、剪刀，将青蛙按在砧板上砍头、褪皮，准备给自己好好补一补，没承想一只被砍掉的青蛙头突然在李多多的手臂上啃了一口，也不痛，像被蚂蚁噬了一下，李多多笑了，但笑意未止，就见手臂迅速地肿大起来，并且隆起一团绿色的伤口，像一只青蛙头，状态可怖。

李多多吓坏了，吓坏了的李多多来到医院寻求帮助。医生也没有见过这么奇怪的伤口，问是被什么咬的，李多多说是青蛙。医生笑了，医生说他活了大半辈子从没听说过青蛙会咬人，而且伤得这么奇怪。李多多吓着了，问医生能不能治。医生说我开点药吧，管用不管用我可不知道。

李多多去划价取药，处方上的价钱让他心里涌出恶毒的诅咒。过道上李多多和一个人撞了个满怀，却是赵小六，跛着一条腿，满脸的痛苦之色。李多多看见赵小六就来气，也不知他哪里逮来的青蛙，给自己惹出这么大的乱子来。可是此刻赵小六嘴里"哼哼叽叽"的，一副可怜相，李多多便问他怎么了。赵小六说被车撞了，回不了家，别人叫他来医院，可是身上没有钱，医院不给治。李多多说，你傻啊，你找肇事司机啊，医药费、误工费、营养费什么的全得让他出。赵小六说，司机跑了。李多多说，跑了也没关系，你记得他的车牌号不。赵小六摇头。李多多也知道这么一个乡下人哪里懂得记车牌号，他叹了口气说算你碰上我了，我帮你找那肇事司机去，这世上居然有这么缺德的人！

李多多凭着一腔热血在赵小六出事的地点寻求线索，他弄了一个醒目的招牌，上面写着寻找肇事者。便有那好事者来问事由，李多多将事情经过复述了一遍，花街上一位肥胖的店老板说她目击了这件事，那个农民在街上坐了好久，后来她叫他去医院，他跛着腿走了。李多多问她记得车牌号不，老板娘说车牌号她不记得，但是她知道那是哪的车，老板娘报出一家私企的名字，李多多便带着赵小六找上门去，也许是李多多的服装效应，在李多多的逼问下，那位小车司机承认了撞人事件，并且表示愿意承担一切责任。李多多便和对方展开了谈判，赵小六得到一笔钱喜笑颜开，他说这下可以给母亲抓药了。赵小六对李多多千恩万谢的，并且要拿出一部分钱给李多多。李多多拒绝了，他正色地说我帮你办事是为了钱吗，我是看不过世上有这么缺德的人，你先去医院看腿吧。

赵小六千恩万谢地去了。李多多想你的事情完美了，老子还得去医院抓药呢，他不由得掀开手臂，看伤口又发展成什么样子了，可说来奇怪，他的手臂完好如初，根本没有一点被咬伤的痕迹，那状态可怖的青蛙头不知何时消失了，消失得一干二净。

# 黄 昏 渡

　　远离人烟的荒郊野外有个小渡口，茅舍一间，小舟斜靠在岸边，渡口虽破，却有一个很诗意的名字叫黄昏渡。渡口基本上只活动着守渡人老何一个人的身影，常常见他蹲在船边孤独地吸烟。

　　太阳西斜，一天又近黄昏，阳光金子般地洒落在横泊在岸边孤零零的渡船上。老何眯着眼，盘腿坐在船头，手里握着一个酒葫芦，脚下放着两碗菜，一素一荤，夕阳给他剪下一个安详的影子。

　　多少年了，老何的生活总是这样安静，很孤单，可是他已经习惯了，自得其乐地活在他的孤单里。

　　突然，老何放下酒杯，侧着耳，脸上显露兴奋的神情，多年的经验告诉他，有人走近了。

　　是个年轻人，走得很急，走得风尘仆仆，脸上的神色有些疲惫，背着一个大挎包，在黄昏浓重的影子里，像一只倦鸟。

　　大爷，我要过渡。年轻人看到老何，看到荒郊野外的渡口，像看到一根救命稻草。

　　上来吧，老何热情的招呼，他当然热情，因为一年半载他也等不到一位客人。

　　年轻人上船，从年轻人上船的姿势中，老何一眼看出这小伙不会水，他小心翼翼扶住船帮的样子让老何有些轻蔑，老何麻利地收起酒菜，将一支竹篙递到年轻人手上，脸上带着诡异的笑容，走下了船。

　　大爷，你将我渡过去啊。年轻人不解地望着老何。

　　你自己渡过去吧。老何说。

　　年轻人说我不会摆渡，你把我渡过去，要多少钱都成。

　　我这渡口的规矩，从来都是客人自己渡自己，虽然你是第一次来，但也得守我的规矩不是，老何说，任何人都得守规矩，不会摆渡你就现学。

今天我就得破破你的规矩！年轻人突然亮出一把刀，将老何逼上了船，老何觉得这情景非常熟悉，他在锋利的刀尖下拿起了竹篙。年轻人说，你只要好好把我渡过去，我不会要你的性命。老何不说话，默默地将船离了岸。

船箭一般地朝对岸划去，年轻人坐在船中央，双手紧紧地抱着他的挎包，老何蔑视地看着这个年轻人，他知道他只是表面上张扬，心里怕得很，老何狠狠地跺了跺船板，年轻人刚想发问，却看见一股河水突然从船底涌上来。

老家伙！你怎么把船弄漏了！年轻人抓着船帮，失声叫着。

这是条破船，不漏水才有问题呢。老何拍手笑着，他说，年轻人，天堂有路你不走，你要栽到我老何手里，该你倒运。

年轻人舞着刀子扑过来，老何却灵巧地跳入水中，顷刻间没有身影，年轻人望着泛起涟漪的河面，不知所措。

船舱里的水越来越多了，船在一点点地沉没，年轻人呆呆地抱着挎包，失神地坐在船边，绝望地看着湖水将自己的身体一点点地淹没。

年轻人醒过来的时候，夕阳正爬在他的脸上，暖洋洋的。他动了一下身体，才发现身体已经不能动了，几道绳索捆住了他。

大爷，你放了我，那挎包里有钱，你想拿多少拿多少。年轻人望着一旁沉默不语的老何。

钱是好东西，可是我老了，不需要这个了。老何微微一笑。

大爷，你何必害我呢？年轻人绝望地垂下眼睛。

害你的是你自己啊。老何重重地叹了一口气。

警笛声隐约可闻，越来越近了，年轻人徒劳的挣扎了几下，然后无奈地低下头。

老何语重心长地说，年轻人，有人接你来了，我还是送你上岸吧，这河，你是渡不过去了。

几位警察向渡口走来，将年轻人铐住了，其中一位高大的警察紧紧握着老何的手：这人我们已经追捕好十几天了，老何，你又立功了啊！老何憨厚地笑笑，望着警车将年轻人载走。

警车远去，渡口又恢复了平静，老何盘腿坐在船上，手里举着酒葫芦，继续着他的晚餐，一口热酒下肚，往事在他心中翻腾，那年，老何也是年轻人这般年纪，逃亡中重创了黄昏渡的船夫，为此在牢狱里度过十多年的春秋，从狱中出来后，他的双鬓已开始泛白，人生的黄昏他幡然醒悟，主动要求去守黄昏渡，配合警方专门抓获漏网之鱼。

黄昏渡其实是警方设立的一个据点，当年老何重创的船夫也曾是一位犯人，他死后这渡口曾一度废弃，是老何让它活过来，此后老何在守渡的时候心里又多了一份希冀，他在等待一个人的到来。

# 枷　牛

那时候，牛亮亮和马晶晶坐着郊外的高坡上，看着前面梦一样美的漂城，漂城的万家灯火幸福地亮着。牛亮亮搂着马晶晶的腰，指着不远处的漂城说，我坚信，不久的将来，漂城也有一盏属于我们自己的灯。

或许因为这份铁铮铮的承诺，或许因为感情，马晶晶嫁给了牛亮亮。当然，马晶晶和牛亮亮来自不同地的方，却在漂城不期而遇，这也是缘分。同事们戏称他们的婚姻是"牛马组合"。他们组成了一个家，有了一盏属于自己的灯，但在牛亮亮心里，这盏灯不是自己的，因为这是租来的房子，牛亮亮想要的是自己的房子。

为了房子，牛亮亮和马晶晶开始节衣缩食。比如，牛亮亮首先取消了自己的牛奶，他说，我身体像牛一样结实，不用喝这玩意。马晶晶则放弃了护脸计划，她说青春本身就是一张名片，素面朝天更能显示出女人的美丽和自信。往年的情人节，鲜花和烛光晚餐是必不可少的，现在只在家里的灯光下就着红白萝卜，不过，牛亮亮很用心，他用红萝卜雕刻了一朵小小的红玫瑰，献给了马晶晶，马晶晶一口吃掉了这朵萝卜玫瑰，一脸的幸福。

以前他们闲暇时间最乐意去逛街，马晶晶喜欢在各大商店不停地试衣服，遇到中意的就买下来，然后去咖啡店喝一杯纯正的咖啡，现在他们的休息时间都用来逛楼盘，漂城大大小小的楼盘如雨后的蘑菇一样争先恐后地冒出来，并且媲美似的，一个比一个漂亮。但每次逛完楼盘回来，马晶晶都一脸沮丧，牛亮亮则低着头，一言不发。其实，牛亮亮和马晶晶都算是高材生，在漂城也有一份不错的工作，俩人又都这样节省，所以存钱的速度非常快。他们存钱的速度虽然快，但和漂城房价涨起来的速度相比，简直就是一头拉破车的老牛在和一辆高速行驶的列车比赛，望尘莫及。

烦心的事还有，牛亮亮有一位患慢性病的母亲，牛亮亮每个月都要寄一些钱回去，家里就这样一个儿子，现在出息了当然得有所回报。马晶晶则有一个好赌的父亲，三天两头打电话过来，他打电话的目的很直接，就是问女儿要几个赌资。这些状况在恋爱期间都是刻意隐瞒的，现在都大白于天下，当然也只有面对。牛亮亮母亲的药费由马晶晶付出，每次汇款后马晶晶还会送去一个关切的电话，马晶晶父亲的电话由牛亮亮来接，牛亮亮在电话前笑着叫父亲，说小玩不伤身。现在是，马晶晶从邮电局回来后，将汇款回执扔在桌上，嘴里不停地嘟哝着这个药罐子不知何时终结，马晶晶的表情，好像恨不得牛亮亮的母亲立马死掉。牛亮亮当然不开心，他黑着脸说你父亲这个月打了三次电话，他把她女儿当成摇钱树了。两人由互相的埋怨到刻薄的语言对攻最后上升到口无遮拦的谩骂，这时候牛亮亮会凭着最后的理智摔门而出，如果他不出去，他不知道后果会如何。他一个人去外面漫无目的地逛到后半夜，然后回家，房门往往是虚掩着的，说明了马晶晶的态度。两人在黑夜里无声地温存一番，也有一段短暂的平静和甜蜜，然后又是周而复始，他们的生活就像在不停地粘贴和复制，像一出没有悬念的电视剧。

现在，牛亮亮又在一次恶毒的语言对攻后沦落街头，他看着漂城插入云天的高楼，从每扇窗口处洒下来的灯光都带着暖意，街上行走的人们，脸上都带着一种掩藏不住的幸福，好像只有他一个人是如此的落寞。牛亮亮站在街心广场，看着一座雕像出神，这是一座牛的雕像，一头奋进的水牛脖子上套着一条枷木，正低着头狠劲地拉着一张犁。雕像的名字叫拓荒者，是漂城的名片，非常的励志，让每个来漂城寻梦的年轻人热血沸腾。牛亮亮突然想起家乡，他们家乡的水牛到了成年期，农夫会给它们套上一条枷木，这条枷木便一直伴随着它，整到年老力衰才能够取下，失去枷木的牛也就只能等待着屠夫的来临。

牛亮亮望着街心广场的这头雕像牛，突然鬼使神差地走上前去，他先是深情地抚摸着牛身上的枷木，那是生铁铸成的，冰冷而沉重，然后，牛亮亮曲身跪下，模仿着那头牛的姿态，做着低头拉犁的动作，坦然而平静地接受着行人投来的怪异的目光。

# 琴　错

布帘微微荡漾，犹如微风轻拂着的湖面，从布帘后面传出的琴声，就是这阵阵微风。

因着这琴声的吸引，杜明翰停下脚步，并且进去喝了一杯。

杜明翰手指轻轻敲击着桌面，配合着琴声的旋律，心里不禁暗想这家酒吧的老板可真有创意，请来琴师却不让她露面，只用一层似透明非透明的布帘挡着，隐约看到她曼妙的身影麦浪般地高低起伏，所以让人产生很多的遐想。

琴声很委婉，旋律很优美，钢琴曲《水边的阿狄丽娜》是杜明翰再熟悉不过的，每年有多少学生用此曲应考啊。杜明翰闭着眼，微微摇晃着脑袋，沉浸在弹奏者流畅的旋律中。

突然，杜明翰微微皱了一下眉，他听到旋律中不应有的一个音节的断层，好像是刻意为之，但是不仔细听根本听不出来，这种细小的破绽在杨明翰心里就是致命的错误，并且一下就破坏了整个音乐的意境和美感，追求完美的杜明翰感觉极不舒服。

杜明翰立即叫来了这家酒吧的老板。

"可以请琴师现身一见吗？"杜明翰开门见山地说。

"对不起，我们的琴师不坐台陪客。"老板很有礼貌地婉拒。

"我不是请她作陪，我是夏城音乐学院的老师，我听她的琴曲有些问题。"杜明翰说着递出一张名片，老板立即双手接过。

"这个，我们并不是专业的演出，所以……不过您的意见我一定带到。"老板说着走进布帘，不一会布帘一动，一个穿着朴素的少女从中走了出来。

"杜老师！能在这里见到您真是太高兴了。"女孩很大方地坐在杜明翰面前。

"你认识我？"

"当然，您的琴弹得真是太棒了，而且我去年也在您手下应考过，只是……"女孩低下头来，显得相当得不好意思。

杜明翰当然知道，她落选了，每年想考入夏城音乐学院的学子不知有多少，可又有几个人能成为幸运儿呢。

"其实，你的琴弹得已经颇有功底，可是为什么会出现这样可笑且致命的问题呢。"杜明翰指出了她弹奏中的那个断层的音节。

"您是说断层？我是经过很多努力才达到这个境界的呀，我记得您去年对一个像我这般演奏的考生大加赞赏，而且给她最高分，所以，我留在夏城没有走，在酒吧里打工，就是为了今年能考入夏城音乐学院。"

杜明翰只觉得头"嗡"地一下大了，女孩还说了一些什么，他并没有刻意去听，他甚至是逃也似的走出了酒吧。

月光如水，在月光如水的家里，杜明翰听着琴声，感觉心里一阵阵犯堵。

他是夏城音乐学院的主考官，去年一个月凉如水的夜晚，一个中年男子敲开了他家的门，为他的女儿说情。

"我们考试制度是相当严格的，为了杜绝人情关系，特意在考试现场隔着一道帷幕，主考官和学生是互相不见面的，所以，任何人都不能走关系。"杜明翰对他说。

"我知道，但是我想你一定会有办法。"

"没有办法，隔着一道帷幕，我们根本不能知道谁是谁，而且今年的钢琴专业只招三个人，你凭实力吧。"杜明翰微笑着拒绝。

"实力当然有，但学艺的孩子这么多，您也知道。"中年男子微笑着递上一个厚厚的信封："孩子学艺非常不容易，请您理解一个做父亲的心情。"

"这是做什么，请你收起来。"杜明翰说，但是他的声音分明很软弱，杜明翰不由自主地看着那信封，相当得厚实。

"您肯定有办法，拜托了。"

杜明翰看着中年男子无声无息地退了出去，可是信封却留在他家的桌上，杜明翰掂在手上，再次试了试分量，心里想，学艺的人家果然有钱。

应考如期进行，虽然校方采取双方互不见面的方式应考，杜明翰还是巧妙地凭借那个微小的断层音找到了那位考生，这是他刻意教那位考生的绝招，在评分的过程中，杜明翰特意提到了这位考生的这个音节的问题，肯定了该考生的独创性，他说艺术是不断变化和发展的，学院要的就是这种喜欢创新的人才。这番话他是当着全体考生的面说的，而且专家也非常的赞同他的观点，所以没有人会对那位第一名的考生有任何质疑。

夏城音乐学院第二年的招生工作又如期进行，杜明翰依然坐在主考官的位置上，望着眼前这道厚实的帷幕，杜明翰突然感觉心里发虚，当音乐如水一样地从帷幕后面倾泻而出，那个断层音却突然从中跳了出来，杜明翰感觉那声音像一把把刀子似的，扎在他心里。

# 酒吧里的山鹰

程维康坐在灯光昏暗的酒吧里，手里举着一根烟，脚尖轻点，合着酒吧的音乐。音乐声来自一群颇有特色的酒吧乐队，他们一共5个人，身高永远停留在8岁小孩的阶段，只是脸上缀满风尘和沧桑之色。他们穿着中国古代服装，演奏着西方的乡村音乐。程维康心里称赞酒吧老板的聪明，不知他从哪里罗列到这些怪才，不论他们的演奏水平如何，这支奇怪的乐队本身就是卖点。

乐队当中是一个长着娃娃脸、梳着古代童子发式的一个男人，他手持排箫正在卖力地演奏一首很有名气的音乐《山鹰》。排箫的音乐近似笛子，但比笛声来得低沉，声音不具穿透力，却在整个酒吧里徘徊迂回，程维康的心里竟然涌起莫名的感动，因为他从音乐声中听出了些许孤独和苍凉。

但是酒吧的人们并没有在意这支乐队，也没有谁认真地听音乐，他们交头接耳，都沉浸在自己的故事里，所以音乐结束后只有程维康发出孤独的掌声，反而引起了人们的侧目。当中那个娃娃脸的男人也面露诧异之色，但很快朝程维康深深地鞠了一躬。

程维康感觉心里犯堵，他叫来侍应生，特意再点唱了《山鹰》，且附上小费。于是音乐声重新响了起来，看得出，这一次娃娃脸更加卖力地吹着排箫，他的目光不时地飘向程维康，表示着对上帝的感谢。

程维康第二次来酒吧，已经知道娃娃脸的身份，他来自贵阳山区，来漂城已经有5年了，此刻娃娃脸小男人王小山就坐在程维康对面，喝着他请的红酒。

你的这首美国乡村音乐《山鹰》演奏得真是颇具功力。程维康举起酒杯和王小山碰了一杯，恭维地说。

很多人都将这首音乐误传为美国乡村音乐，其实来自秘鲁。王小山柔声地纠正。

哦，秘鲁，你还真懂得多。程维康用干笑掩饰自己的无知。

因为这是我们的主打音乐，所以有必要去了解。其实我在演奏时是当作我们家乡的民谣的，因为我们老家也有山鹰，他们经常在天空中飞来飞去。说起家乡，王小山干瘦的脸上涌出光彩。

听出来了，有一种思乡的感觉。每一个人听到时都会想起自己的故乡。程维康说，我最近也要开一家酒吧，我真的很想把你们挖走，我听说你是乐队的头，你能去我们那驻演吗？

王小山摇摇头。

我可以出比这里更高的薪水。程维康说。

不是薪水的问题。王小山说，其实这酒吧生意红火，并不是因为我们演奏得多么出色，只是因为我们另类，他们是来看稀奇的。所以，我很愿意将我们的音乐奉献给知音，但无奈我们有约在身，无法跳槽。

可以解约啊。程维康说。

那样的话，我们得付出三倍的毁约金，这位未曾谋面的老板很精明，我们着了他的道了。王小山"呵呵"笑道。

程维康一脸的无奈之色，王小山感觉过意不去，问他什么时候开张，然后说他们到时一定去助演，友情演出。程维康感动地握了握王小山的手，说，能得到他们的帮助实在是三生有幸。

程维康的酒吧开业这天，王小山一行果然如约而来。程维康早就做了广告的铺垫，所以这天顾客很多，程维康像推出超级明星一样地请出特邀来宾王小山，令王小山很感动，他第一次感觉到受人尊重。散场后程维康宴请王小山一行，又送出红包，王小山谢绝了，他说，就留在这里做了，问程维康愿意接受不。程维康又惊又喜，他说求之不得的事情，不过你们也因此要毁约，他于心不忍。

毁约就毁约吧，大不了又重新开始，士为知己者死，你只要给我们以前一样的薪水就行了。王小山豪爽地说。

程维康呵呵笑着，重重地拍了拍王小山的肩。

新开张的酒吧有王小山的加盟，生意一直很好，程维康心情也很不错，他踱到一家茶楼，偶遇一生意上的朋友，朋友拍着他的肩说，维康兄弟，你可真有一套，听说你新开张的酒吧将老酒吧里的乐队巧妙地转移了过去，居然还得到对方的毁约金，等于人家白给你打了三年工，你可真是个生意经啊。

哪里哪里，程维康打着呵呵。

你是如何做到的，传下经。

其实人都有弱点啊，巧妙地利用对方的弱点，就能掌控自如啊！程维康得意地笑着，对付这样一群弱智侏儒，我还不是手到擒来？

隔墙有耳，正在另一扇屏风后孤独饮茶的王小山将两人的对话一字不漏地听了去。王小山的脑子有瞬间的真空，他呆呆地望着窗外，外面是一方空旷的广场，一位老人正在放风筝，那只像山鹰一样的风筝在老人的牵引中看似自由地飞翔着。

# 赤兔马

老何牵着他的马第一次出现在花街的时候，还有些畏畏缩缩，但随着观赏的人群投来羡慕的目光越来越多时，人和马都来了精神。这匹浑身没有一根杂色毛的紫红色儿马神气活现地打着响鼻，颠着细碎的舞步，引来阵阵喝彩。老何也在喝彩声中将他的驼背挺得更直。当然，老何并不是牵着马来供人欣赏的，他明码标价，和他的赤兔马合影一张 5 元，骑着在花街溜一圈 10 元。

这种只在旅游景点能看到的生意在漂城很另类，也很新奇，立时便有不少顾客。一位梳着两只朝天椒的小女孩尖叫着"妈妈我要骑马"，于是她吃了第一只螃蟹，接着吃螃蟹的越来越多。晚上老何在出租屋里数钱，乐得合不拢嘴，他在马背上轻轻地拍了三下，表示对老伙计的感激和赞赏。老何没有想到，在老家只配犁地拉车的马在城市走走碎步就能挣钱，而且人和马都脱离了体力活。老何将一天得来的收入小心地装进一只结实的塑料袋，用皮筋扎紧然后放进他特意掏出来的一个墙洞里。老何不喜欢存银行，他喜欢时不时地掏出来数一数。老何躺在床上兴奋地暇想着，如果每天的生意都有这样好，那么假以时日他就能在老家造一幢气派的房子，有了房子他便能告别他的单身生活。

为了马的休息和生存，老何特意在郊区租了一套有院子的房子，为了让他的赤兔马更有活力，老何还跑到更远的地方去割青草。这些鲜嫩的青草取悦着赤兔马的胃口，它吃得很香。老何拍拍它的背：老伙计，好好干，过年我们就回家。赤兔马甩了甩尾巴，表示赞同，漂城再好，老何也不喜欢，他只想挣漂城的钱。

老何的生意一如往常的好，他离自己生活的目标越来越近，出了状况的是赤兔马。它的精神状态越来越差了，它基本上每天都拉稀。老何明白是青草的原因，一方水土育一方人，这里不是老家，马也有水土不服的时候。可能赤兔马也知道，它现在变得不爱吃青草了，总是闻一闻就走开，实在饿得没办法的时候就吃几口，它经常抬起头，忧郁的目光望着北方，或者老何。老何知道，它想家了，可是这个时候老何不想回去，因为他的房子梦还没有实现，因为他心里还装着一个叫玉莲的女人，她时不时地往老何的出租屋里跑，每次她来，老何都将屋门关得严严实实，不让一点儿声音漏出屋外。

老伙计，再坚持一段时间吧。老何拍拍赤兔马的背，赤兔马无奈地甩着尾巴，它依然积极地配合着老何，陪人照相，让人骑着溜圈，给老何带来收益。可是它真的挺不住了。有一天，一个壮汉跨坐在它身上，它不堪负重前蹄跪地，将壮汉跌倒在地，壮汉愤愤地骂娘且没有付钱，后来，赤兔马屡屡出现这种状况，有时它自己走着走着也突然马失前蹄，它完全失去了初来漂城的健康和剽悍，像一匹行将末路的老马。

老何当然知道，它的赤兔马不能再留在漂城，他们必须马上回家。可是老何此刻回不去了，房子和女人将他牵扯在漂城，他将一把青草撒在赤兔马身边，管它吃不吃，便急急地进了自己的房间，因为玉莲正在房间里等着他。

老何并不清楚玉莲的来龙去脉，但他喜欢这个看上去朴实的女人，她让老何第一次尝到了做男人的快乐，老何像驾驭他的赤兔马一样地驾驭她，当然，老何更想将她带回老家去，玉莲也总是笑眯眯地答应，她说她要和老何一起去老家，要给他生儿育女。

老何喝了一杯玉莲亲手泡的茶，又精神百倍地将她按在床上，老何不知道，就在他沉浸在疯狂的快乐中时，院子里的赤兔马悄悄地咽了气。

老何在日上三竿时才醒来，而且头还很沉重，玉莲早已不知其踪。老何打开门，吃了一惊，他看到他的赤兔马僵硬地倒在地上，头微微抬着，忧郁的目光望着北方。老何甩了甩头，他不知为什么昨晚如此嗜睡，难道是那杯茶？老何惊觉地跑进出租屋，将手伸进墙洞，装钱的塑料袋已经不翼而飞……

漂城的街道上，经常会有一个拾荒的驼背老头，眼尖的小姑娘还能认出是那个牵马的老何。你的马呢，我还想骑马。梳两只朝天椒发式的小女孩认真地看着老何，老何凄凉地一笑，目光追随着 10 米外的一只空瓶子，然后脚步也移了过去。

# 意外的约会

认识安妮是张楚纯粹出于对李娅不信任自己的报复。张楚自从在单位有了一些小权，李娅就得了疑心病，典型的症状是每天将张楚的换洗衣服细细地在灯光下查找，试图发现长发、唇印等蛛丝马迹，对此张楚不厌其烦。

张楚的报复也仅限于虚幻，等于没报复，李娅是个电脑盲，她只热衷于逛街和打牌。

最初，张楚对安妮没有任何想法，就是网上多了一个聊得开心的网友。张楚上网的时候多，他发现安妮似乎比他还要轻闲，打开QQ就可以看到她的头像亮着。两人有一搭没一搭地聊着，聊得投机了就交换照片，安妮穿一套玫瑰红，居然是个十分娇艳的女人。

后来，张楚对安妮也没什么想法，只当她是网络上的红颜知己，可以无话不谈的那种。只是感情是循序渐进的，张楚发现对安妮有某种想法的时候，也没有慌张，安妮经常会在聊天的不经意间流露出对张楚的关心、体贴，或许就是这一份温情打动了张楚。

张楚没有母亲，这是他最大的遗憾，在他懂事的时候他便没有母亲，他管接替母亲职位的那个人叫阿姨，一直不肯叫她一声"妈"。张楚对她的记忆很模糊，因着一种天然的隔膜，总和她保持着一种若即若离的距离，也是这个缘故，张楚大学毕业后选择在异地发展，偶尔也会归家，因为父亲还在，前些年父亲去世了，张楚对故乡的热情一下子减退了，他觉得自己成了孤儿，虽然，继母还在，但是他却再也没有走近老家。

张楚决定去见安妮缘于安妮一句不经意的话，安妮说明天是她的生日，张楚马上说祝她生日快乐，安妮说谢谢，停顿了一下又说生日只好一个人过啦，张楚说只要你一招手，身后跟着大把送玫瑰花的，安妮很久没有回音，张楚想是不是这句话刺伤了安妮，在暗喻她有很多这些网上的蓝颜知己？张楚脱口说出明天我陪你过生日吧。安妮惊喜地问，真的？真的！张楚说这句话时已经决定了。

第二天，张楚坐车抵达了安妮的那座城市，下车时他感到城市的陌生和似曾相识，因为这座城市是他的故乡。

张楚赶到约会地点，城市中心广场，安妮说她会穿一件玫瑰红的衣服，手中捧着一束红玫瑰等他。张楚在广场走了一圈又一圈，终于失望了，他没有看到穿玫瑰红的女人，更没有看到玫瑰花。

天气很晴好，有一些风，广场上有很多人在放风筝，张楚看到一位妇女手把手地教她的孩子放风筝，很耐心，张楚的心动了一下，他记起小时候他也喜欢放风筝，那个他坚持叫她阿姨的女人经常带他来广场放风筝，也是这样耐着心手把手地教着。张楚的心里流过许多往事，突然涌出了一种愧疚和感动。

夜色侵袭了城市，街灯亮起，安妮还没有出现，张楚心里已经没有对她失约的指责，甚至感谢她，感谢她把自己带回了故乡。

张楚决定逗留几天，好好陪一个人，这决定出乎他意料之外。在经过一家服装店的时候，张楚进去选了一件玫瑰红的毛衣，他恍然记起她喜欢穿这个颜色。

张楚在曾经熟悉的门前慢下了脚步，整理了一下心情，然后轻轻地推开了院门。

屋子里亮着灯，灯光柔和，但没有人，客厅不大，却显得空旷而冷清。墙上挂着一个穿玫瑰红衣服的少女，笑容灿烂，桌上的花瓶里，开着一束热烈的红玫瑰。

张楚的心"砰"地跳开了，难道她竟然会是"安妮"？他看见继母从房内走出也是一脸吃惊的样子，"妈，你这是……"，张楚看着墙上的照片和桌上的玫瑰花。

"哦，今天是我的生日，我就把年轻时的照片挂出来，给自己买了一束花！"继母脸上有一抹晕红，或许还沉浸在张楚一句"妈"的称呼中，张楚也没有想到，多年刻意阻止的一个词，却这样轻易地流淌出来。

张楚急急进房，东张西望地寻找着，"你找什么？"母亲追进门，"电脑……"，"芳芳是说想给我买一台电脑，说我一个人在家会闷，可我一个老太婆，玩不了那东西。"母亲说，芳芳是张楚同父异母的妹妹，也嫁到外地。

张楚松了一口气，晚上，他接到一个信息，安妮发来的，说他失约了，说俩人见面会很尴尬，说他其实是个男人，说如果张楚还在这个城市，可以出来喝一杯。张楚有些哑然失笑，不过他的心情却是好极了，是该请"安妮"喝一杯啦，张楚想。

 # 小 红 蛾

水袖轻轻一甩，像一支柔软的剑，扎进郑子秋的心扉，眉梢那么一扬，勾人的眼神让郑子秋的心七上八下，而黄鹂般清脆的唱腔自樱桃小嘴里轻轻吐出，郑子秋只觉得浑身热血翻涌，舞台上的小红蛾硬生生地掠走郑子秋的魂魄。

郑子秋是漂城的富家子弟，也是时尚的海归派，但和漂城大多数富家子弟不同的是，郑子秋不喜欢上网泡吧，不喜欢骑马射箭，不喜欢保龄球高尔夫，他醉心于古典文化，痴迷于漂城的本土戏剧：南戏。

漂城是座移民城市，真正属于漂城的文化并不多，会唱南戏的人屈指可数，当然，喜欢听南戏的人也屈指可数。所以，郑子秋对小红蛾一见钟情，难得在现代社会中会有这样漂亮的女孩坚持这种没有前途的事业，纵使南戏剧团没落到在这样幽深的小巷私家剧社演出，郑子秋也是每演必到，虽然他和小红蛾从未谋面，只是她忠实的戏迷，但他心里对她的情感早已泛滥。

郑子秋坚持送花给小红蛾，并且出手阔绰，由于他出资援助，所以小红蛾和她的南戏剧团能够走出小巷，移步到花街比较气派的艺术剧场演出。郑子秋常常想象卸妆后的小红蛾会是什么样子，以她舞台上的轻盈姿态，应当是一个绝色美人。只可惜小红蛾闪入后台便芳踪难觅，郑子秋从来没见过她的庐山真面目。

郑子秋对小红蛾的痴迷和爱恋与日俱增，只是他一直用旧时的赠花方式来取悦她的芳心。这天他决定去探班，亲自表明心迹。小红蛾演出完毕，郑子秋迅即走入后台，饶是他如此神速，还是没有找到小红蛾，一位面容清俊的男孩在后台挡驾，他客气地请郑子秋离开，他说小红蛾不喜欢玫瑰，郑先生请你以后不要再送玫瑰了，虽然你是小红蛾的恩人，小红蛾心存感激，但小红蛾确实不能接受你的玫瑰。郑子秋说，你是谁，你怎么能代表她说话，请她出来，我只需当面问她接不接受。

先生，小红娥就站在你面前。男孩低下头，轻轻地说。郑子秋闻言浑身一颤，当他听到男孩的唱腔，看到他的身段确信他就是舞台上的小红娥时，还是无法相信，他根本不敢相信，自己痴迷暗恋的女孩竟然是个男孩，真是滑天下之大稽。

郑子秋有很多天不去听南戏，一想到小红娥他心里就犯堵。由于他的撤资，小红娥又重新回到了小巷里的剧社。郑子秋忍耐了很多天，还是鬼使神差地走进小巷，他看到稀稀落落的几个观众，小红娥在舞台上孤独地移着莲步，两盏淡惨的汽灯周围有许多飞蛾，拼命地向火，有不少飞蛾被灼伤翅膀坠地而亡，郑子秋突然觉得自己也是一只飞蛾，他在心里幽幽地叹了口气。在后台，他和卸妆的小红娥遥遥相望，好像有某种默契般，小红娥一言不发地跟在郑子秋的后面，坐在他车子里，也不问要去哪里，只随着郑子秋前去。

郑子秋将小红娥带到一家茶座，俩人喝茶聊天谈南戏，竟然有相见恨晚的感觉。出乎郑子秋意料的是，小红娥并不喜欢南戏，他说他从小被义父当女孩打扮，被义父逼着学南戏，义父去世了，他不得不扛起南戏的旗帜，因为他也没有别的生存技能。郑子秋看着小红娥年轻却沧桑的面容，心里竟然生起疼惜，他轻轻地拍了拍小红娥的肩，却不知道如何表达自己的情绪。

第二天，漂城晚报刊登了郑子秋和小红娥在茶座私会的亲昵图片，而且配上显眼的标题：《钻石王老五私会南戏小花旦，疑似断臂情缘》。这么抢眼的新闻当然顷刻间满城风雨。郑子秋是漂城商界举足轻重的人物，一时间各种电话接踵而来，有善意问询的；有故意打探的；也有幸灾乐祸的。郑子秋怒火中烧，他即刻给小红娥打电话，小红娥在电话那边说郑先生我把你给害了，往我头上扣屎盆没什么，可让你蒙冤我心里难受。郑子秋说小红娥你给你听着，我要光明正大地把你养着，你明天就到我公司来，让你的南戏班子成为我公司的一部分。我就好南戏，能把我怎么了？

郑子秋真的把小红娥的南戏班子养在公司，每星期唱一出，娱乐员工的业余生活，闲暇时郑子秋则和小红娥把酒赏月谈戏，落落大方。

年底，郑子秋终于结束了他的王老五生活。新娘是他多年的恋人，也从海外归来。喜日，郑子秋硬要和新娘以戏剧的方式成婚。他请小红娥给新娘描妆。新娘身穿南戏吉服，上妆后怎么看怎么像舞台上的小红娥。而小红娥却落单地站在一边，呆呆地看着台阶上那盏明亮的灯，灯光下聚集着成群的飞蛾，不时有一两只飞蛾被灼伤翅膀，飘飘摇摇地坠向地面。

# 吃　药

　　我又吃药了。郑肥腆着大肚子像一只船一样摇到吴师身边，顺势坐在吴师给他备好的藤椅上，藤椅容纳着一坨肥肉，发出抗议的声音。

　　我以为你吃了这么多的药，已经吃出抗药性了。吴师摇着折扇，慢条斯理地说。

　　我也以为我不再会吃药了。明明是我看好的紫檀，眨眼间母鸡变鸭，成红酸枝了。郑肥也笑容可掬地说。

　　吃药是古玩界的一句行话，意思是上当了。对玩家来说，亏钱是小事，面子损了，那才是丢人到家了。郑肥已经不止一次吃药了，用他的话说，他在吃药中茁壮成长为一个古玩的行家里手了，可事实说明，他还是太嫩，古玩界的水太深。

　　红酸枝也不错，你总算没栽到家。吴师继续不紧不慢地说，不过你总是事后诸葛亮，你太自信了，你之前来找我，不就避过这一坎了？

　　呵呵。郑肥打着哈哈。不过郑肥有一个好脾气，弥勒佛似的，永远不会生气，当然这得力于他的经济实力。他玩古典家具，原是吴师带上路的。吴师也没怎么怂恿他，只不过带他走了几趟拍卖会，郑肥没想到一件古家具居然可以拍出一幢楼的钱。郑肥是做房地产的，这几年房地产火得很，郑肥真的挣得肥头肥脑，但商人永远没有满足的时候，既然古典家具这么有投资价值，他当然不会放过。

　　但郑肥有一点不好，仗着自己是个老板，比较固执地相信自己的眼光，只学了点理论知识的皮毛，就一头扎了进去，结果收了不少一钱不值的假货。事后乐得让吴师数落。吴师是漂城收藏界的专家，对古典家具特别有话语权。一些爱好收藏的人会请他帮忙识货，吴师也有求必应，不过他从不把话说死，全凭人去猜测他话中之意。用他自己的话说，都是道中人，谁也得罪不起，或许一句爽直的话，会要了一条生命，吴师碰到过这样的事情，所以越发小心谨慎。

但郑肥有抗药性，经得住一吃再吃，吴师倒也不替他难过。其实那天郑肥是去城中村谈拆迁的事，不经意在一家拆迁户家里发现了一条大鱼。那是一张多么漂亮的雕花大床啊！主人是个精瘦男子，看郑肥中意了自己的传家宝。他说本不想卖了祖上的东西，但以后搬到新房子里，这东西放那不协调。郑肥一个劲地在附和，转前转后地看这张大床，心里激动得发抖。东西确实是老货，但是不是紫檀木的他还有些吃不准。他本想给吴师打个电话，如果打了电话，事情肯定不会这样。但郑肥就是这种人。认为是不是紫檀木，他也能鉴定得出。那汉子也是精明人，开出了百万大价。郑肥不还价，只吩咐汉子去刮下一些木屑来。因为要确定是不是紫檀，有一个很可靠的办法，就是在家具不显眼处取一些木屑，放入加入酒精的器皿中燃烧，如果能看到一股紫气升起，那就确定是紫檀无疑。郑肥亲自看到那汉子趴在地下，钻进床底，用刮刀取出一些木屑，看到一股紫气美妙地升起，那一刻郑肥心花怒放，一百万值！像这样的东西如果拿到国外拍卖，千万也不是问题！

郑肥给了订金，隔天提货，第二天，郑肥多了一个心眼，特意翻开床底，看到了昨天瘦男刮的痕迹，他放心了，东西应该原封未动。不过回家郑肥好奇心又起，他也刮下一点木屑来，用酒精点着，却并没见着紫气！郑肥以为眼花，再刮，还是如此。郑肥一口气坐在了地下。

我如果带你去，就不会这样，可是，他是如何做的手脚，我实在看不出来。郑肥说。

魔术师在舞台上的表演都是假的，可是你能看出破绽么？如果你能，你也就不会接二连三地吃药了。吴师不屑地说。

那他是如何做的手脚呢？

木屑是你自己刮下来的吗？

不是，但我亲自见他钻进去刮的，没有问题。

你当天把紫檀木床拉走了吗？

没有，一时拿不走，但他没有换货，因为我做了记号，而且刮痕也在！

他刮的的确是紫檀，只不过是贴在床板的一小块而已，所以你看到紫气深信不疑，但你一走他就取下来了，然后在原地方做了刮痕，你明白了吗？你就好像看了一场魔术表演，这种小伎俩说起来并不高明，但骗你绰绰有余。

噢，原来是这样！郑肥恍然大悟：我总算又学了一招。他笑嘻嘻地说完后拱手退出。

郑肥刚走，瘦男进来了，对着吴师一个劲地伸大拇指，把一沓钱交给吴师，吴师还给他：说了我分文不取的，你都分给你们拆迁户吧。郑胖子占的便宜也差不多吐出来了，你们总算扯平了。

那么，还让他吃药不？瘦男笑嘻嘻地问。

当然，让他继续吃，反正他肠肥脑满的，药不死他！

# 暮　春

　　不过是闪念之间，就像这突如其来的雨，淅淅沥沥的，却一下子濡湿了夏琳琳的心。

　　夏琳琳是作为文坛 80 后来小城参加笔会的。夏琳琳对这座城市很陌生，但有一个地方却隐藏在她心里。

　　笔会结束后，离开车时间还有很长，无所事事中，夏琳琳就记起了那个叫做黑水潭的地方。她问本地的一个文友黑水潭远不远，文友说坐车有一个小时就可以到达，又很诧异地望着她。夏琳琳回避了文友的眼神，而人家也不便再问。

　　因为黑水潭是个特殊的地方，那里有一座监狱。

　　母亲临终时拉着夏琳琳的手，嘱咐她有空去看一看他。也是个苦命人，母亲叹息着慢慢闭上了眼睛。夏琳琳想，这不算是特意，又间接完成了母亲的心愿，何乐而不为呢。于是去超市选了几样东西，由于不知道他的嗜好，只买了一些大众食品，用一个包装袋装着，坐上了开往黑水潭的汽车。

　　雨淅淅沥沥地下起来了，天色灰蒙蒙的，倒是和探监人的心情不谋而合。夏琳琳撑起一把红色的伞，她以为下了车需要问路，可是不必，一条不宽的水泥路一直延伸到不远处的几幢灰色大楼，四周高墙上还有铁丝网围着，凭着文人缜密的思路，夏琳琳确信就是那地方。

　　庄严的铁门前果然站着警卫，夏琳琳不知道是不是该叫管教才贴切，她交验了证件，报了要探监的对象，警卫跑到里面去了好一会，然后才徐徐拉开铁门，夏琳琳看了看厚重的铁门，然后走了进去。

　　夏琳琳被几个狱警引进一间不大的会客室，等待的过程中，她的心微微有些心跳。好一会，听到有脚步声慢慢移近，一个花白着头发的男人走了进来。夏琳琳心里一惊，怎么老了这么多?

时间不多，你们抓紧时间聊聊吧，从来没有人来看望王老头，我们还以为他没有亲属呢。狱警说完走出去，且轻轻带上门。

琳琳？他轻轻地试着叫了一声。

嗯。夏琳琳应着，一声"爸爸"在嘴里迂回半天，终于未叫出口。

夏琳琳随着母亲走进他家的时候，已经十多岁，虽然他对她不错，毕竟和他有着天然的生分，何况他家里还有一个坏小子，那个比她大一岁的男孩总是欺负她。

你怎么来了？他的脸上突然有了红晕。

哦，我在这里开一个会，顺道就过来看看。夏琳琳说着将东西放在他面前。

来看看就成，还带东西来？你妈还好吧？

不在了。夏琳琳平静地说。

夏琳琳看到他脸色阴了一阴。都是我害了她。

她本来就有病，也不能怪你的。夏琳琳淡淡地说。

你呢，还好？现在在哪里？

好心人资助我读完了大学，现在在一家公司工作，我挺好的。

哦，那就好，那就好。他一沓声地说着。嘎子要有你一半懂事就好了。

嘎子是继父的儿子，随着爹坐牢，娘逝去，这个中途结合的家庭自然就解体了。夏琳琳凭着自己的努力考上了大学，毕业后找到一份不错的工作，也算顺风顺水，嘎子去了南方打工，下落不明。

你在这里还好吧？夏琳琳看着他瘦弱的身子，微欠着身子问他。

好，好着呢，有饭吃，有活干。我还有半年就出去了，琳琳，你有空呢就回家一趟，虽然你妈不在了，毕竟也算你半个家。

会的。夏琳琳口是心非地说。

然后是沉默，夏琳琳搜肠刮肚也找不出更多的话，他也是搓着手，不知所措，幸好狱警进来打破了他们之间的沉默，狱警说会客的时间已到，夏琳琳如释重负，她看到他很慢地朝里间走去，又突然地回过头来，对她笑了一笑。

那笑容竟然是最后的作别。

夏琳琳一路回想着他坐牢的原因，好像是偷了公家的财物，但整个村庄人都在偷，只不过他老实，上面追查下来，所有的罪状都让他担了，由此他被判了10年的牢狱。母亲无奈地哭着，说他是为了她的病，为了这个家才入伙。母亲身体本来就虚弱，不久便辞世，嘎子义无反顾地走出这个家，杳无音信。

夏琳琳想，这座城市，或者黑水潭，她是不会再来的。心情好的时候就考虑回一趟家，看来他对生活还没有失去信心，记着自己还有半年的刑期。

但是两个月后，夏琳琳就再一次来到黑水潭，这次是狱警打的电话，叫她来领东西。

夏琳琳没有再见到他，而是一张存折和一包遗物。

钱不多，老王特意交代留给你的。狱警说，老王这一段时间心情很好，不过他进来后就检查出有绝症……我们查来查去，他似乎只有你这一个亲人。

夏琳琳心情复杂地打开遗物，映入眼帘的是那个熟悉的包装袋，那是她唯一也是最后一次给他买的礼物，依然包装完好。

夏琳琳抬头看天，想掩饰什么，暮春时节，天空又下起了雨，像她第一次来时一样。

# 诱　饵

　　他还记得小时候，大人的手心亮着一些花花绿绿的糖果，诱饵般地挑逗着他蠢蠢欲动的胃口，让他窜高跳低地够不着。等戏弄够了，大人就说，给我磕一个响头，这糖果归你。这是弄堂里那些大人常玩的游戏。

　　有些孩子嘴里流着涎水，却还在犹豫着，他总是非常干脆地给大人磕响头，拿到了属于他的糖果，飞也似的往家里跑。

　　他将这些用牺牲自尊换来的甜蜜放在嘴里一点点地回味，却总要非常小心地从中挑出一颗他认为最好的糖果，塞进娘的嘴里。母亲非常疼惜地看着他，她知道他是用了怎样的手段。母亲说，孩子你以后不要给人家磕头，让人心里看轻。他沉默了半晌回答，娘，糖很甜。

　　母亲正在洗衣服，听到这话时眼泪便顺着揉洗衣服的水滴一起往下流。她觉得自己很无能，一个弱女子，她无法给予孩子一份生活外的甜蜜。她嘴里咀嚼着儿子提供的甜蜜，心里却泛着苦。男人抛下她走了，多少年，她守着这份爱情的苦果，不再相信儿子以外的男人。她住在都市高楼下的小屋，潮湿阴暗，她和他的生活没有任何一丝亮色。

　　但是，他还是坚韧地长大了，就像石缝里长大的树木，有着顽强的生命力。他延续着儿时的性格，左右逢迎，世故圆滑，他讨好着一些人也管辖着一些人，也就是说，他有了一些小权。有一天，一沓红色的纸币放在他面前，像一份亮晶晶的诱饵，他心里动荡了很久，最后不动声色地收下了。后来，这样的事情多了起来，他由习惯变得喜欢。

　　母亲还是用非常疼惜的目光看着他，就像小时候叫他不要给大人磕头一样。她知道他利用了手中的权力谋私，却依然无法约束他的行为。他给她和家里添置了很多东西，就像小时候提供给她的甜蜜，可是她心里依然泛着苦，她每天给他做饭，在灯光下守着他归来，忐忑不安。

有一天，母亲没有守着他归来，她守来了一群穿着制服的人，他们没有经过她的允许就把她的家搅得天翻地覆。他们做她的思想工作，叫她交出儿子来。他们说她的儿子携款潜逃，而他的出逃牵涉着很多人，有人蒙冤也有人脱罪。因此，他们做她的思想工作，动之以情，晓之以理。

她冷笑，她知道这是哄小孩吃糖的把戏；她知道他逃走了，他逃走的时候跪在她面前，跪了很久。她面对着这群正义的制服，铁嘴金牙，把所有的秘密吞进肚里。她说，我就是一个孤老太婆，我就不说，你能把我怎么样？老太婆不喜也不悲，并且盲着一只眼，谁能把她怎么样？

案件就这样悬而不决，她不开口，谁也无法撬开她的嘴。而他又很机警，像一只潜入深水里的鱼，她知道那些人就在她家周围潜伏着，像一块揭不掉的疤，让她不快。

女孩就是在这时走进她的生活的，女孩像一朵阳光一样照耀着这个失去生机的家庭。女孩每个周末都会来她家，女孩说她是城市的义工，在社区了解到她的困难主动上门的。女孩帮她洗被子，陪她唠家常，给她讲笑话，女孩像贴心的小棉袄一样钻进了她的心扉，套取了她藏得最深的秘密。

他知道母亲会出卖他，他从女孩进门的第一天就看出了这个事实，他知道这个女孩是一份诱饵，可是母亲不知道，或者知道。母亲告诉女孩，他其实一直没有出逃，他就潜藏在这座城市。他能逃到哪里去呢？他逃到哪里也不会安生，他心里牵挂着他的娘。我每天把家里的灯亮着，他看见家里亮着灯就放心了。她得意地把这个秘密透露给女孩时才发觉失言，她抽打自己的嘴巴，可是这能管什么事呢？女孩跪在她面前说，谢谢你，我爸爸有救了，这些天他快发疯了！她抚摸着女孩的长发，说，我早知道你是一份诱饵，我纵然铁石心肠也不能违背天良。

家里的灯灭了，他潜回家，刚进家门便被抓住，一群穿制服的人将灯拉亮，他看见女孩也在其中。娘说，灯是我拉灭的，我估摸着你还会回家，你能记着娘，说明你还没有泯灭天良。娘能做你的诱饵，娘高兴。

他什么也没说，却淌下一行泪。

# 一个人的 KTV

李远最喜欢电影《花样年华》片尾的那一段，男主角对着一个树洞倾诉了他埋藏在心里刻骨铭心的秘密。李远在这座都市里也有些无人可诉的秘密，可是他找不到一个树洞，这座城市没有预留这样一个树洞给他。

算起来，李远来这座南方都市已经有近一年了，可是他感觉自己根本没有融入这座城市，他只是一个过客，或许永远不能融入。他在这座城市最阴暗的小巷里住着，这座城市有很多这样纵横交错的小巷，里面住着和他一样来这里寻梦的年轻人，每个人脸上都挂着一种老死不相往来的冷漠。李远在一家小公司上班，这是一家当地的私企，他的同事们聚在一起说着他永远也听不懂的方言。在公司里，唯独李远是北方人。当然，李远并不是正宗的北方人，但是这座城市的人很奇怪，把本省之外的异乡人统称为北方人。

没有融入这座城市的痛苦是全体人当他是空气，除了工作上的正常接触，简短的几句工作安排，没有人愿意与他交谈。其实，李远是想让自己像一块咖啡一样溶化在温水里，可是这一潭死水似乎不待见他。当然，他们并非一潭死水，他们在说着方言的时候一点也没有照顾李远的情绪，或许还会因为他参与不进来而沾沾自喜。

当然，李远不希望这样，他热爱这座城市，并且留恋这份工作，但如果不改变这种现状，郁闷的李远会选择辞职。

李想不想这样失语下去，不想一个人在都市的夜里看光怪陆离的灯光，他想做一块溶于水的咖啡。在经过一家 KTV 时，李远突然明白自己该怎么做。对，音乐！音乐是无国界的语言，是沟通的最好媒介。

李远在老家也是个麦霸，那时经常和一群狐朋狗友在 KTV 扯着嗓子喊，现在，缠着青春尾巴的李远对唱歌已经没有兴趣，这一次不过是让它充当一回道具。

周六，李远已经在心里策划着他的行动，他首先找到邻座的阿玲，上班时总能听到阿玲轻声地哼着小调，而且前几天听他们好像在说着 K 歌的趣闻。李远说出了自己的想法，他把请同事去 KTV 的计划和盘托出，他看到阿玲似乎愣了一下，但很快脸上绽放出笑容，满口应承，还用半生不熟的国语表达了感谢。

李远又联系了几位同事，而且有阿玲在作宣扬，很快便得到了全场的支持。李远心里异常踏实了起来，他开始联系打电话联系歌厅，预先订位。电话那边声音很温柔，但是价格不菲，李远在心里扳了扳手指头，虽然比预想中的贵，但还是觉得值。

中午在一起吃工作餐时，阿玲竟然意外地留了一个位给他，这可是他从来没享受过的待遇，李远心里一热，看来 KTV 的策划是成功的，节目还没开始，似乎预先有了暖场表演。

周日，公司休息，李远早早地将自己收拾干净，在预定的包厢里等待他的同事们。电话响了，是阿玲的，声音里异常抱歉，她说朋友死活拖她去逛街，说超市五折。女人是购物狂，李远在心里摇着头。一会电话又响了，是阿英，阿英说出门遇堵车，怕是赶不及了，所以掉了头。李远刚挂掉手机，阿强的电话又过来了，他说打麻将，不来了，声音简短有力。

李远一口气接了 6 个电话，心里的热乎劲一下子凉了，望着空落落的包厢，暗红色灯光下孤单的影子，李远心里突然一片茫然。

李远拨打了一个电话，电话响了很久无人应答，然后自动挂了。李远不甘心地拨了一次，这次对方应答了，声音又飘又远：你还打我电话干什么？

我们说说话好吗？李远有一种前所未有的无助。

我们之间还有什么可说！对方冷冷地挂机了。

李远在包厢里坐立良久，突然把音乐声开到最大，画面里播放着腾格尔的《天堂》，李远扯开嗓子喊了起来，眼泪不知不觉地顺着脸颊流下来。

李远觉得他找到了树洞，他像《花样年华》里的男主角一样将他心底的秘密在这个夜晚全部释放了出来，原来，他手中的这支话筒，就是这座城市预留给他的树洞。

# 老沙的沙县小吃

　　老沙的沙县小吃店开在杭州龙驹坞的一条小巷子里。

　　龙驹坞除了本地的居民，都是一些上班族，他们早出晚归，因此，只有早晨和晚上，老沙的店里才有客人用餐，整个白天，店里门可罗雀，甚至可以说生意清淡。

　　但是老沙很满足，老沙是一个容易满足的人。

　　老沙是福建沙县人，当地居民只要在政府部门免费培训一段时间，便可以掌握做沙县小吃的技能，有能力走出去开一个沙县小吃店。老沙的儿子考取了杭州一所大学，为了顺便照看儿子，老沙和老伴便一起开了这么个小店。几年后儿子已经在杭州毕业并且在另外一座城市找到一份工作，老伴也于年后回家后没有来杭。而店租还没有到期，老沙却爱上了杭州这座美丽的城市，独自一个人守着这间小小的沙县小吃店而不愿离开。

　　老沙是一个人，经营也比较简单，主营沙县炖罐、拌面、云吞、蒸饺。生意不赶人，他也信手做，顾客嘛，也就是那些常客，下班后在他店里用餐或者打包带回家边上网边食用。虽然生意不怎么样，但老沙的店却从早晨一直开到深夜，小巷里的小店都陆续关门歇业了，老沙的店还开着，那块挂着"沙县小吃"的牌匾还亮着红色的光芒，在夜间的小巷透出一股温暖的气息。

　　因为有一些老顾客，他们在深夜坐晚班车回到龙驹坞，都要在老沙店里买一碗热乎乎的云吞，才能抵御深夜的饥饿。而深长的小巷有老沙的店灯亮着，总是让晚归的人心里感觉到一种家的温暖。

　　看到这些晚归的年轻人，老沙又想到了儿子，也许在另一座城市，他也是这样行色匆匆。于是老沙的心里有疼惜，老沙不图别的，就图那些深夜晚归的年轻人能看到他的店还亮着，能有一盏灯火照亮他们的归途。不管他们进不进来做生意，老沙都愿意守着最后一个晚归的年轻人下班回家。

国庆节一过，杭州便开始进入冬季，杭州的冬天很冷、很潮湿。即使有电视机的陪伴，夜晚的龙驹坞也显得寂寞而悠长，还有丝丝寒意，但老沙还是坚持等到那几个年轻人下班才肯关门。

　　脚步声渐渐近了，老沙根据脚步声就能分得出他们几个老顾客，风风火火的小张，总是老远就叫老沙的名字，等他走近，一碗打包好的云吞就放到他手上，小张又"登登登"地走远了；文文静静的小李，会进店一边慢条斯理地喝云吞，一边东拉西扯地和老沙聊天；几个一起合租的女孩子总是打打闹闹地进店，一刻也不得安分；而最后落单的是笑不露齿的小楚，她就住在老沙店旁边的一条狭窄的巷子里，悠长漆黑。老沙的这盏灯是特意为她亮的，老沙每晚一定要悄悄地尾随着小楚，看到她走进出租屋才悄悄回头，然后关店。

　　但是，租住在龙驹坞的年轻人都一个个地搬走了，先是小张，然后是小李，那几个打打闹闹的女孩子也在一天晚上对老沙说是最后的晚餐，语气里颇有不舍，她们说，要是半夜想念老沙的云吞怎么办？打的来呗！其中一个女孩豪爽地说。老沙在雾气绕缭的灶台后面看着她们轻松自如地挥洒着青春，满眼都是笑意。

　　夜里寒风一阵阵地吹进店，老沙独自坐在店的一隅感觉有点冷，但是想到小楚还没有离开，老沙还不想封灶关店。不一会，小楚微笑着走进店，要了一碗打包的云吞，但是老沙发现小楚没有折身走进小巷，而是返身往外走。

　　老沙急问小楚去哪，小楚又折回身微笑着对老沙说：沙叔，我忘了告诉你，我搬走了，从明晚起不要等我了，早点关店歇息吧。

　　老沙悄悄尾随在小楚的后面，果然看到小楚走到大街，一位年轻男孩在出租车旁边等她。嘴里小声地嘟哝：干嘛为一碗云吞，还特意打车过来？

　　小楚说，我要是不来，沙叔不会关店。

　　为一碗云吞的生意，这老头还真能吃苦。男孩说。

　　事情不是这样的，你不会理解。小楚没有过多的解释，和男孩一起钻进了出租车。

　　老沙一个人走在悠长的龙驹坞巷子里，远远地看到自己的沙县小吃店那块高挑的店牌在夜色中发出的光芒，像一缕温暖的阳光。老沙舒了口气。老沙在心里想，也许自己也该挪挪地方了。

# 鸟人庄思

　　庄思一直奢望在树上造一幢房子，这个想法有些非主流。庄思给文昌里的人的印象也很非主流，有些痴呆，有些另类，有些怪异，文昌里的居民都很不客气地叫他鸟人。

　　庄思想在树上造房子并不是空穴来风，是有来由的，而且也切实可行。他从电视上看到了一位外国人就真的这么做了。造在树上的房子，像挂在树上的一只特大鸟笼，外国人住在里面逍遥自在。当时庄思的心情就特激动，如果不是隔着屏幕，他一定会冲上去和那个外国爷们握手，甚至拥抱什么的。

　　庄思还看过一本小说，小说中的主人公就住在树上，据说是练一种无欲无求的绝世神功。而庄思想住在树上，并不是奢求练什么功夫，他只是想避免和周边人接触，省得让他们烦心，也省得让自己烦心。

　　庄思是个俗人，地地道道的俗人。喝酒、打牌、玩女人，样样喜欢，样样都玩不通，老是惹火上身。比如喝酒，庄思经常喝醉酒，喝醉酒也就罢了，经常是醉倒路头，一问，文昌里的，这给文昌里的人多丢脸啊，比如打牌，输钱赖账，让人高叫着骂文昌里的痞子，比如玩女人，偏好有夫之妇，让人在文昌里追着打，给文昌里的人抹黑。

　　文昌里的人素质都很高，虽然私底下也杀杀人、偷偷情，可走出来一个个都人模狗样的，他们实在不能容忍庄思这颗老鼠屎，就联名向居委会反映，一致要求庄思迁出文昌里。居委会主任也不喜欢庄思，就召开居民委员会议，将庄思唤了来，把大家的意思说了，庄思非常同情大家的处境。庄思说，我没处搬，要不，我住树上得了。脱口而出的一句话缘于缠绵在脑海中许久的一种想法，和那狗屁绝世武功没丁点关系。

　　庄思真的开始在都市的街上寻找一棵可以承担自己重量的大树，可是他失望了。城市里都是还刚生长的小树，他记得以前是有大树的，那些伸出的枝杈上完全可以建一间小屋，但是突然消失了。据说新来的市长要给街道重新规划。这个新来的市长没事做，或者说很多政绩工程都让前任给做了，而他又不甘寂寞，得弄出些动静来，于是这些大树遭殃了，成了政绩的殉葬品。庄思叹息着，在一棵小树上勉为其难地干开了，巡逻的城管队员黑着脸问他在干什么。庄思说他要在树上做房子。城管队员说不行，这是违章建筑，再说，你那是房子吗，充其量是个鸟窝！庄思看了看自己搭建的房子，果然只是个鸟巢。住一只鸟差不多，庄思这么大的个子，一条腿也放不下。

可是庄思已经搬出文昌里了，他一条腿刚迈出文昌里，他的房屋就让居委会主任没收了。居委会主任说，其实我们也不是有意赶你走，你这房子本来就是租的，租期到了你又没有续租，所以……而居委会主任在心里已经乐开了花，因为这里要拆迁了，只是还没正式行文，这是他预先掌握的秘密，这拆迁的好处他就要替庄思承受了。庄思不说话，很有礼貌地向房东鞠了一躬，然后背着行李离开了。庄思背着行李走过城市一棵棵树，树太小，灌木似的，根本造不了房子。庄思从日出走到日落，在这座城市迂回了两天，最后又鬼使神差地回到了文昌里，因为他在文昌里发现了一棵郁郁葱葱的樟树，这棵树得到特别的保护，所以在文昌里肆无忌惮地生长着，长得如此威风凛凛，在这树上造一座小木屋，简直太完美了，庄思为自己的发现雀跃欢呼。

庄思开始奔波，拉砖块，捡木头，有时是正大光明地捡的，有时是瞄着建筑工地上没人偷偷拿的，庄思开始一点一滴在造一座树上的房子，夜晚来临，庄思靠在树杈上，看树叶缝中的月亮。

文昌里新的一天又来临了，文昌里的邻居看到流浪的庄思又回来了，懒懒地躺在树下，便走上去踢了他一脚，笑说，太阳都晒屁股啦。庄思没有动，邻居就又踢了一脚，庄思还没有动。邻居上前看了看，怪叫一声。

庄思死了，死在树下，而树上多了一个鸟巢，还有一只来历不明的黑色怪鸟。

城市的树上突然多出一个鸟巢和一只怪鸟，先是引来了市民的围观，然后是媒体的人，制作了电视节目，主持人口中不断地冒出环保之类的词，还动员市民要有保护意识。

这只鸟巢得到了很好的保护，而这只怪鸟也享受到了很好的待遇，它毫无顾忌地在城市上空飞翔甚至拉屎，但是文昌里的对它很宽容，而且对它笑逐颜开。

文昌里拆迁改造工程很快开始了，有人在享受新房子之余叹息庄思没福气，那根樟树却保存完好，那只黑色的鸟儿也一直生活得很幸福。